河竹黙阿弥写真（77歳の時）

黙阿弥の筆蹟
七十七歳の春、七草に書いたもの。

黙阿弥のかいた絵看板の下絵
（「島ちどり」。上方は招魂社鳥居前、下方は明石屋の場）
デッサン風であるが、よく心持が見えている。この下絵が鳥居派の絵師にまわって、絵看板になる。

はしがき

ちかごろ「明治は遠くなりにけり」ということが言われるが、明治二十六年まで生存していた黙阿弥も、七十年前の人とはなった。けれども、その作品のあるものは、相変わらず舞台の上に生命をたもっている。坪内逍遙の評したように、「三世紀にわたる我近世演劇の集大成者」という形になっているからでもあろう。

歌舞伎は、近時とかく論議のまとになっているが、他の前代の伝統芸術と同じく、江戸時代の民族的遺産として擁護さるべきものだから、黙阿弥の作品も永く保存されるものかと思う。その作品の一般について、またその成立過程や作者を理解する上に、この書が一つの案内書となるようにと期待して筆をとった。

わたくしが、はじめて黙阿弥伝を公刊したのは大正三年末のことであった。それ以

来増訂すること三回に及んで、大正十四年にひとまず集成したのであった。が、こんどは少し構成をかえて、その伝記的面と同時におもな作品の解説をもその中に織りこむようにこころみた。そうして、義孫のわたくしではあるが、黙阿弥の功罪というか、よろこびも苦悩も、できるだけ客観的に叙述したつもりである。むろん、この叢書の一冊として簡略にまとめたのだが、ある要領はえてもらえるかと信じている。

なお、さらに深く考えて下さろうという場合には、この本を足がかりとして、末尾の参考文献を参照されたい。

昭和三十六年六月

河竹繁俊

目次

口絵

挿図

序　説

前期の総代表者の一人

黙阿弥についての史的位相について、わたくしは坪内逍遙博士のことばを左に引用さしていただきたいと思う。それは、多少過褒《かほう》のきらいはあるにしても、他の何人の評論よりも、端的にその演劇的価値が表明されているからである。

一人にして能く前に往《ゆ》ける幾多同業者の長所特質を統襲し得たる上に、移り行く時代の好尚《こうしょう》にも自由に響応し、しかもよく見識を持して品位を墜《おと》さず、其作《その》いよ〳〵出でていよ〳〵老巧に、斯道《しどう》の宗師と崇《あが》められ、個人としての人格も卑しからず、次の全く異なれる時代までも尚若干の余威を存じて前期の総代表者と見なさるゝが如き劇の作家は、内外ともに其の例多からず。而して河竹黙阿弥は其多からざる総代表者の一人なり。

博士はなお進んで、近松門左衛門との比較に入っていう。「近松の浄瑠璃《じょうるり》を讃美して、我劇詩の旭光となすべくは、黙阿弥の諸脚本は、少くとも其花やかなる夕陽《せきよう》たるの光栄を荷《にの》ふ価値あるべし。江戸の演劇は黙阿弥に及びて至り極まりたればなり」と。さらに結論的に次のごとくに結んでいる。

三世紀にわたる我近世演劇史上、一作家にして前幾代かの蘊蓄《うんちく》を兼該《けんがい》し、其最終の集大成者として後には一人の来者をも有せざる黙阿弥の如きはまたあらず。彼れは真に江戸演劇の大問屋なり。

江戸演劇の大問屋

これはいまからは約四十五年前の大正三年十一月に執筆されたものであるが、黙阿弥にたいする総体的の評語として、これ以上に適当なものは発見されないといっていい。

まず、これだけの史的位相を前もってしるし、以下、黙阿弥の生立《おいたち》から劇場人としての業績のあらましについて、年次を追って述べることとしよう。

第一　生いたち

黙阿弥は、文化十三年（一八一六）の二月三日に、江戸日本橋通《とおり》二丁目、俗称式部《しきぶ》小《こう》路《じ》に生れた。

祖父はなかなかの通人

黙阿弥の祖先については、古いところはよくわからないが、江戸へ来てからの代々が本姓は吉村、屋号を越前屋、代々名は勘兵衛といった町人で、寺の過去帳には、五代前の先祖からその名があきらかに記されている。

黙阿弥の祖父にあたる三代目の勘兵衛については、少しく話が伝わっている。三代目の勘兵衛は、なかなか通《つう》な生活を送った人で、とくに食生活についてはぜいたくな趣味の持ち主であったらしい。

四代目の勘兵衛、すなわち黙阿弥の父は、祖父とはまったくちがって、真面目《まじめ》

な堅人《かたじん》であった。口重《くちおも》で几帳面《きちようめん》な人間であったらしい。のちに黙阿弥が仮名垣魯《かながきろ》文《ぶん》に書いて送った履歴書の中に、「父勘兵衛は湯株を多く持ち、此《この》売買を家業となす」と書いているように、湯屋の株（風呂屋の営業権）を扱っていた。これは、衰微した湯屋をひきうけて経営をたて直し、ある程度繁昌させて転売するという生《しよう》業《ばい》であった。

この父は不幸にして二児の母であった妻に先立たれた。下の男の子は母のあとをおってまもなく死んだが、上の清《きよ》といった女の子は、ひとなみはずれて気むつかしい、疳《かん》の強い子だったので、継母に育てさせるのが可哀そうだと、しばらくは後妻を娶《めと》らずに暮していた。そこへ気立がやさしいというので迎えられたのが、御殿奉公《ごてんぼうこう》も勤めたまちという女性であった。まちは夫より四つ年下の天明五年（一七八五）生れ、士分の出であった。

後妻に生れた長子

黙阿弥はこの後妻に生れた第一の男児である。幼名は芳（由）三郎と名づけられ

た。これは祖父の幼名の由次郎と、父の名の市三郎とを合わせたもの。順序からいえば次男であるが、長男は早くに亡くなっていたから、事実は長男であった。その下には一つ違いの金之助という男児があり、六つ下の妹があった。しかし妹は早世したので、黙阿弥の伝記には関係がない。

黙阿弥は以上のような家庭環境のもとにおかれたのだから、町人と士分の女との間に生れ、祖父の通人肌でぜいたくな江戸ッ子的血液と、父の質素で堅固な気《テム》質《ペラメント》と、母のやさしい心だてとを自然にうけついでいたと見られる。

第二　少青年時代

一　家　業

少年時代は七人家族

黙阿弥の少年時代がどんな風に送られたかわからないが、だいたい中位の町人の長男格として、大切に育てられたものと思われる。家族ははじめ祖父母と父母、姉と自分と弟の七人であった。そのうち祖父には五歳で、祖母には九歳で死なれたから、祖父母にあまえたり、お祭などに出かけたことも少なく、孫として愛された期間は短かかったことであろう。

江戸時代には六歳の六月の六日に手習《てならい》(習字)だの遊芸だのを習いはじめる習慣になっていたから、芳三郎もその頃から手習師匠(いわゆる寺子屋)へ通《かよ》ったものであろう。

芝へ移転して質屋を

しかしその師匠のことも、芳三郎の成績もわかっていない。けれども後年に見られるように、記憶力にはすぐれていたから、相当に成績もよかったと思われる。そして親の方針としては、商人として必要な読み書き算盤《そろばん》程度を習えばいいということだったにちがいない。それに祖父がなくなってから父は芝へ移転し、新しく質屋を始めた。黙阿弥の手記によると、「文政八年(一八二五)芝金杉通一丁目へ転住、父は質渡世を始める」とあるように、彼が十歳になると質屋を開業したのだから、当然そのあとをつぐべき長男として、質屋の帳面がつけられればよい位の教育を受けさせられたものとみるべきであろう。

しかし父も祖父も特別に文字を好んで随筆を残したという人でもなければ、母も士分の出ながら、とくに読書が好きだったという話も伝わっていない。すべてそういう文学的な遺伝をうけているとは思われないし、また黙阿弥自身についても、特に手習が好きだったとか、稽古《けいこ》に行ってこうだったとか、神童めいた話は

伝わっていない。ただ一つ、幼時の記憶として伝えられているのは、生れつきの弱虫で、喧嘩《けんか》などはしたことがなく、友達にいじめられては泣いて帰ったことがたびたびであったという事である。要するに、困らない町人の、ふつうにおとなしい男の子として幼年時代・少年期をすごしたのであった。

二　早熟であった彼

黙阿弥は早熟であったらしい。そして早くから遊楽児的な生活にしたしんだようである。ただし生涯を通じて酒も煙草ものめなかったのだから、仕末《しまつ》におえない遊楽者ではなかったであろうが、多分、通人でぜいたくな趣味にあけくれた祖父の血をうけついだのかもしれない。

彼が十四歳になった春であった。父方の伯父が、ある日両国あたりへ用事があって来て、そのころとしてはかなり有名な料理屋で休んでいると、三－四人の芸

遊楽児となって勘当

者や雛妓《おしゃく》たちが、一人の少年をとりまいて、若旦那・若旦那とさわぎながらはいってきて、二階へあがっていった。伯父はその少年が芳三郎であることを知って驚いたのである。他人の空似《そらに》かと思ってよく確かめてみると、芝の質屋の若旦那でこのあいだからたびたびみえるときいて驚き、さっそく芝へかけつけて父に知らせた。

この知らせをきいて一そう驚いたのは、母と姉とであった。父には内緒でやっていた小遣銭が、まさかそんな役に立っているとはしらず、可愛いいばっかりに渡していたことをくやんだ。しかし、こうわかってしまえば、父もそのままほっておけないし、また親類の手前もあるので、一応の意見もいってみたが、芳三郎の遊楽気分はちっともやまなかった。そしてやがては手のつけられない典型的なのら息子になりさがってしまった。で、その結果は、お定まりの勘当分《かんどうぶん》になって、その親類の伯父に預けられた。

しかし、親類預けになっても、おとなしくしてはいなかったらしい。やがてその親類の家もとび出して、あちらこちらと遊び友達のあいだを泊り歩くようになった。こうして彼の青年時代は、一種の放浪生活によって幕をあけることになったのである。

三　背景となった時代文化・世相

江戸時代、とくにこのころのことを知らなければ、黙阿弥の青年時代は単なるハイティーンの無軌道な生活として、理解しにくいものとなろうし、また心ある人の眉《まゆ》をしかめさすものともなろう。

江戸時代は、寛永十八年（一六四一）の鎖国《さこく》以後、外国からの文化の輸入がほとんど完全にとざされ、文化は次第に日本固有のものを洗練していった。その最初は西鶴の小説や近松の浄瑠璃に代表される元禄文化として花を開いたのであったが、

文化・文政の爛熟時代

以後はほとんど完全な平和時代が続き、文化は次第に爛熟《らんじゆく》の度を加えていった。そして元禄からおよそ百年、文化・文政時代を過ぎるころからは、頽廃《たいはい》的な気分が世に充満して、享楽的な面が強くおし出され、官能的・刺戟的な趣味生活が営まれていたのであった。

当時の享楽生活の対象になっていたのは、吉原(遊里)と歌舞伎(芝居)とであった。このような時代にあっては、商家の子が放蕩《ほうとう》して勘当され、出入りの棟梁《とうりゆう》や鳶《とび》の者の家の二階に居候《いそうろう》をするのは、落語や講談で現在でも耳にするように、世間並のことになっていた。為永春水《ためながしゆんすい》の人情本に書かれたような蕩児《とうじ》は、この時代にあってはむしろ異《い》とするに足らなかった。

黙阿弥も時代の児であった。彼が早熟であればあっただけ、これらのものに対するあこがれは強かったであろうし、また溺れればとことんまで溺れたことであろう。彼が親類預けになったのも、当時を考えてみれば、さして不自然な事件で

はなかった。

『花暦八笑人』

勘当されてからの生活が、滝亭鯉丈《たきていりじょう》の小説『花暦八笑人《はなごよみ》』そのままであったと、のちになって黙阿弥が人に語っている。彼が芳三郎時代に書いた『茶番集』によってみると、まったくその通りだとうなずけよう。『花暦八笑人』を書いた鯉丈は、為永春水の兄である。鯉丈は式亭三馬・十返舎一九のあとをうけた人情本・滑稽本《こっけい》の作者であった。「かく有りたらんにはと思ふ程を、春の日秋の寝覚《ねざめ》々々に、うつゝ心の数々書き散らしたる其の反古《ほご》をかくは名づけしなり」と、『八笑人』の第二編の序に述べているように、通人の理想郷《ユートピア》を書こうとしたものである。文政三年(一八二〇)に始まって天保五年(一八三四)まで書き続け、鯉丈は弘化元年(一八四四)に没したのであるから、黙阿弥が五歳のときから十九歳までに順々に出版されたことになる。年代から考えても、黙阿弥がこの『八笑人』のような本によってその読書欲を満足させ、生活の上に反映させたことは、疑う余地がない。『八笑人』

は、実にこのころの世相・人情の機微を巧みにとらえたもので、文化・文政時代を代表する通人生活の一面を、理想と現実とを交錯《こうさく》させながら描いたものであった。あらゆる遊びにつかれ、楽しみに飽いた結果、あらゆるものに感激を失い、ただ一切のものを洒落《しゃれ》のめし、ふざけちらそうとするようになった。危険であるが一面ではのんきな、当時の通人をその主人公に選んだ作品である。今ならさしずめスピードにつかれたハイティーンとでもいおうか。

若隠居の左次郎

若隠居となって不忍《しのばず》の池のほとり、名も酒狂亭《しゅきょうてい》に浮世を避けた左次郎を中心に、居候《いそうろう》の眼七《がんしち》・安波太郎《あばたろう》・卒八《そつぱち》・頭武六《ずぶろく》・呑七《どんしち》・出目助《でめすけ》・野呂松《のろまつ》の八人がすなわち八笑人なのである。彼らの多くは一定の職業を持ち、妻子を養う身分なのであるが、「オホン、大人《たいじん》は御在宅かな」といった調子で、毎日酒狂亭へやって来てはその日その日をすごしている。何かこうぱっとした面白いことはないかと考えているうちに、大仕掛な茶番の筋を立てる。話し合ってできた茶番を左次郎が演出

者になり、それに必要な鬘《かつら》や小道具を損料屋から借り出し、人ごみのなかで不意に野外劇をやって、見物をあっといわせようというもの。浮世をまじめくさって暮している連中を茶化してやろうという、とんだ頼まれもしない思いつきをするのである。

茶番でおくる毎日

いってみれば左次郎が作者・演出者・興行者・金主を兼ねているのだから、勝手きままなことができた。こうして彼ら八人は、花の飛鳥《あすか》山で敵討《かたきうち》を、隅田川では狂乱を、両国の夕涼みでは狂言身投げをやって、すべて失敗するのである。そしてこれらはすべて洒落《しゃれ》でおし通した芝居がかりになっているのである。あの身振りは(名優の坂東)三津五郎でやろうとか、(中村)仲蔵ふうの狂乱とか、(岩井)粂《くめ》三《さ》(郎)の声色《こわいろ》がよかろうとか、といったふう。

四　八笑人的遊楽生活

こうしたのらくらな生活が、黙阿弥の勘当以後の生活であったらしい。『八笑人』に書かれたところを述べれば、それがそのまま黙阿弥の日日であったともいえよう。ただ仲間が少し多くて、十二笑人であったという。あちらこちらの友達の家を酒狂亭に見立てて、彼が自ら左次郎気取りになっていたことはいうまでもなかった。

縁日や寄席にも

黙阿弥はこの放浪時代に、世の中の裏にも表にも通じたものと考えられる。もちろん芝居や遊里にも出かけたであろう。このころから縁日《えんにち》も流行しはじめ、寄《よ》席《せ》もさかんになった。あるいはまた大自然の四季の移り変りを愛《め》でて、行楽の気分も満喫したであろう。あるときは自分が作者になって茶番劇を演じたこともあった。人入《ひとい》れを家業とした親類が日本橋の本両替町《ほんりょうがえちょう》にあったので、そういうところにも出入りして、なにがしと名の通った親分にもあっただろうし、火消しの連中とも交わった。中間《ちゅうげん》部屋の雑談に耳を傾けた日もあった。自分はしなかった

にしても、博突《ばくち》の打ち方などを知ったのもそういうところであったろう。これらの見たり聞いたりしたことが、後に黙阿弥が作者となったとき、どのように役立ったかはいうまでもない。

勘当は表面だけ

十四・五・六とまる三年間は、このようにだらしのない典型的な遊楽者の生活を送った。けれども、この遊楽者には、どこかにかたいしんがあった。父親はこの遊楽者の中にある、しっかりした堅いところを見ぬいていたという。けれども堅気《かたぎ》な父であったから、表面は実家へ寄せつけなかったが、どうせ勘当されたからには金に困るであろう、困れば親類へ借りに行くにちがいない。その時の用意にといって金を親類にあずけてあったという。父の見ぬいたのがどういうところであったかわからないが、質屋の主人という堅い父親が、勘当した我が子にそれだけの寛容をひそかにしめしたことは感嘆に値いする。子も子であったが父も父であった。お互いに信頼とそれを裏切らない誠実な何物かが存在していたのであ

ったろう。

五　貸本屋の番頭さんになって

三年間をほとんど遊楽児として過した黙阿弥は、十七歳になると貸本屋《かしほんや》になった。貸本屋というのは江戸時代における巡回図書館であった。貸本屋には若い衆（番頭）が大勢いて、本をうずたかく背負って読者の家をまわるのであった。

彼はもともと読書好きであった。それも系統を立てて読むというのではなく、手当り次第の乱読であった。しかし、貸本屋の持ってくる本では、たかがしれている。もっと面白い、毛色の変った本があるにちがいない。今と違って宣伝も広告も少なかった時代では、本を知るには貸本屋によるのほかはなかった。それには貸本屋の若い衆になるのが一番てっとり早い。それに貸本屋ともなれば、ちょっと素人《しろうと》には行けない芝居の楽屋にも、武家や大家《たいけ》の邸の中にも出入りができる。

そうした実利半分。興味半分もあってはいったのであった。

貸本屋の番頭になる

そのころ京橋の尾張町二丁目に、後藤某の経営していた好文堂という、かなり有名で大きな貸本屋があった。好文堂には新本も古本もかなりの数を蔵していたので、そこの若い衆となった黙阿弥は、読書欲を満たすと同時に耳学問だけでは知られなかった雑学や世間学問《せけんがくもん》をも仕入れることになった。

伝えるところによると、好文堂にはふつうの小説類のほかに、院本《まるほん》（浄瑠璃の本）や芝居の脚本なども多くあったというから、それらもずいぶん熱心に読んだであろうし、また小説以外の随筆・考証などにも目を通したことであろう。

劇場にしたしむ

しかし、読書にばかりふけっていたわけではなかった。その手記にも、もともとなまけ者だったから、芝居を好み、茶番などをして遊び歩いていたと告白しているように、一方ではたえず遊ぶことに熱中していたのである。芝居には始終出入りをしていた。楽屋へ行っては荷をおろし、好きな人には勝手に読ませておい

て、自分は楽屋中をあちらこちらとのぞきまわり、稽古をみたり、作者部屋へいって書きぬきの書き方から本読みの仕方、はては勘亭流《かんていりゅう》（芝居一流の丸い字）の書き方までも覚えたらしい。これらがのちに役立って、黙阿弥が見習作者《みならいさくしゃ》として出勤したその年に、番付の下絵を描《か》いたなどという素人ばなれのしたことができたのである。芝居の裏面をのぞいていた時代に、見学したからであった。

このようにして興味のおもむくままに、八笑人的な生活から、貸本屋時代とぶらついていた生活も、後になっては役に立った。秩序あり系統だったものではなかったが、実際の世間について身をもって体験した学問と、乱読からえた雑書雑学の知識とは、劇作家にとってどんなに貴重なものであったか、はかりしることのできないものがあった。しかしこのようにのんきだった貸本屋の生活も、父の死によって中断されることになった。貸本屋になって三年目、天保五年（一八三四）七月三日父がこの世を去ったからである。このとき黙阿弥は十九歳になっていた。

父の死

もともと父はあまり丈夫な体質ではなかったという。その持病は脚気《かっけ》で、そのために腰がたたなくなったこともあった。そのときには姉が孝心深くて、父のために堀之内の御祖師様《おそしさま》(妙法寺)に百日法華《ひゃくにちほっけ》の願《がん》をかけ、そのためにやがて元気になったという話もある。なくなった年の六月、山王祭の見物がてら親類へ行った。すると急にさしこみがきて倒れ、駕籠《かご》で送られて家へ帰ったが、それから調子が悪く、七月になって没したのである。五十三歳という男盛りであったのに、心臓麻痺でも起したのか、脚気の毒にやられたのだと伝えられている。

父が没すれば、長男である黙阿弥が家をつぐのは当然である。しかしこれまで勘当となって家を外にして遊び歩いていたので、家業である質商売については、ほとんど何にも知らなかったらしい。口上茶番《こうじょうちゃばん》にはその才能をみせた黙阿弥も、質札のつけ方や品物の見方については手も足も出なかった。すき勝手に賑やかな場所を遊んで歩いていたなまけ者には、しかつめらしく帳場に坐って、算盤《そろばん》をは

舎弟にゆずって若隠居

じくといった堅気な商売は手につかなかった。むしろ苦痛でさえあった。

そこで自分にはこの商売は適当しないとみきりをつけ、あらためて弟にゆずることにした。『八笑人』の左次郎がそうであったように、家業を弟にゆずって若隠居の身となった。

このとき弟の金之助（ふだんは金三郎と呼んでいた）は、まだ十八歳であったが、兄の黙阿弥とはちがって、おちついてむっつりとした人物であった。黙阿弥の祖父と父とがちがっていたように、黙阿弥と金之助とは対照的な性格であった。したがって始終家にいたので、商売をさせてできないことはなく、それに気丈《きじょう》な姉が後見をしてくれることになった。

姉の清《きよ》はこのとき二十七歳になっていた。のちに黙阿弥が、「女丈夫《じょじょうぶ》といってさしつかえない人」といったように、父の死後をとにかくもちこたえたのは、姉の力であった。腹ちがいではあったが黙阿弥をことに愛していたので、母と相

談しては道楽の尻ぬぐいを何度となくしてくれた人である。黙阿弥にとっては誰よりも感謝すべき人であった。

六　茶番狂言の作者

家業を弟にゆずり、心配のなくなった黙阿弥は、ふたたびもとののらくら者にもどった。相も変らずむかしの友達を集めては八笑人の生活をつづけていた。狂歌もよんだ。戯文《けぶん》も作った。冠付《かむりつけ》・ものは付・折句《おりく》・五文字《ごもじ》などの雑俳《ざっぱい》を、何でもござれで、手あたり次第に器用にやってのけた。今なら〃とんち教室〃の生徒のまねをしたわけである。前後六年間、あちらこちらを歩いてみがいた腕は相当なものであったらしい。もっとも得意としたのは茶番であった。

八笑人のように茶番狂言の筋を考え、実際に演じてみたかもしれないが、残されているのは、しかた茶番・口上《こうじょう》茶番ばかりである。いずれも茶番狂言の圧縮さ

れたもので、個人の才能によるところが多い。頓才的な趣向、あるいは三題噺《さんだいばなし》ふうの力倆《りきりょう》が一目ではっきりし、またそれがなくては成功しないものであった。

そのころの号として、黙阿弥は「芳々《よしよし》」というのを使っていた。これは本名の吉村芳三郎を洒落《しゃれ》たもので、同人中の杵屋《きねや》源三郎が杵源と号し、土屋の辰さんが土辰といったのと同じである。のちに劇場の人となってからも、趣味に関した友達の間では、「芳々」と呼ばれたこともあった。手紙などにも、「芳様」という宛名がみられた。

『朝茶の袋』茶番集

黙阿弥が主宰していたのは、司馬連中といった。芝の金杉にいたころであるから、芝をもじったものらしい。この連中の口演した茶番の中で、すぐれたものを集めた『朝茶の袋』というのが残っている。黙阿弥によって書かれた、もっとも古く、もっとも若いときのものである。「天保五年午《うま》年九月吉辰《きっしん》」とあるので、父の没後わずかにふた月めということになる。父の死は黙阿弥をさして悲しませな

かったのか、それとも以前のものをこのころに清書したものかはっきりしない。筆記のしかたはきちんとしており、勘定流《かんていりゅう》で書かれている。

『朝茶の袋』には、計二十五番の茶番が記されていた。作者は十七人で、そのうち芳々のが七番、稲伝と杵源のが二番ずつあって、他は一人で一番ずつしかのせられていない。現存しているのはこの第一集だけであるが、第二集に芳々の書いた序文というのが、他の手帳に次のように書

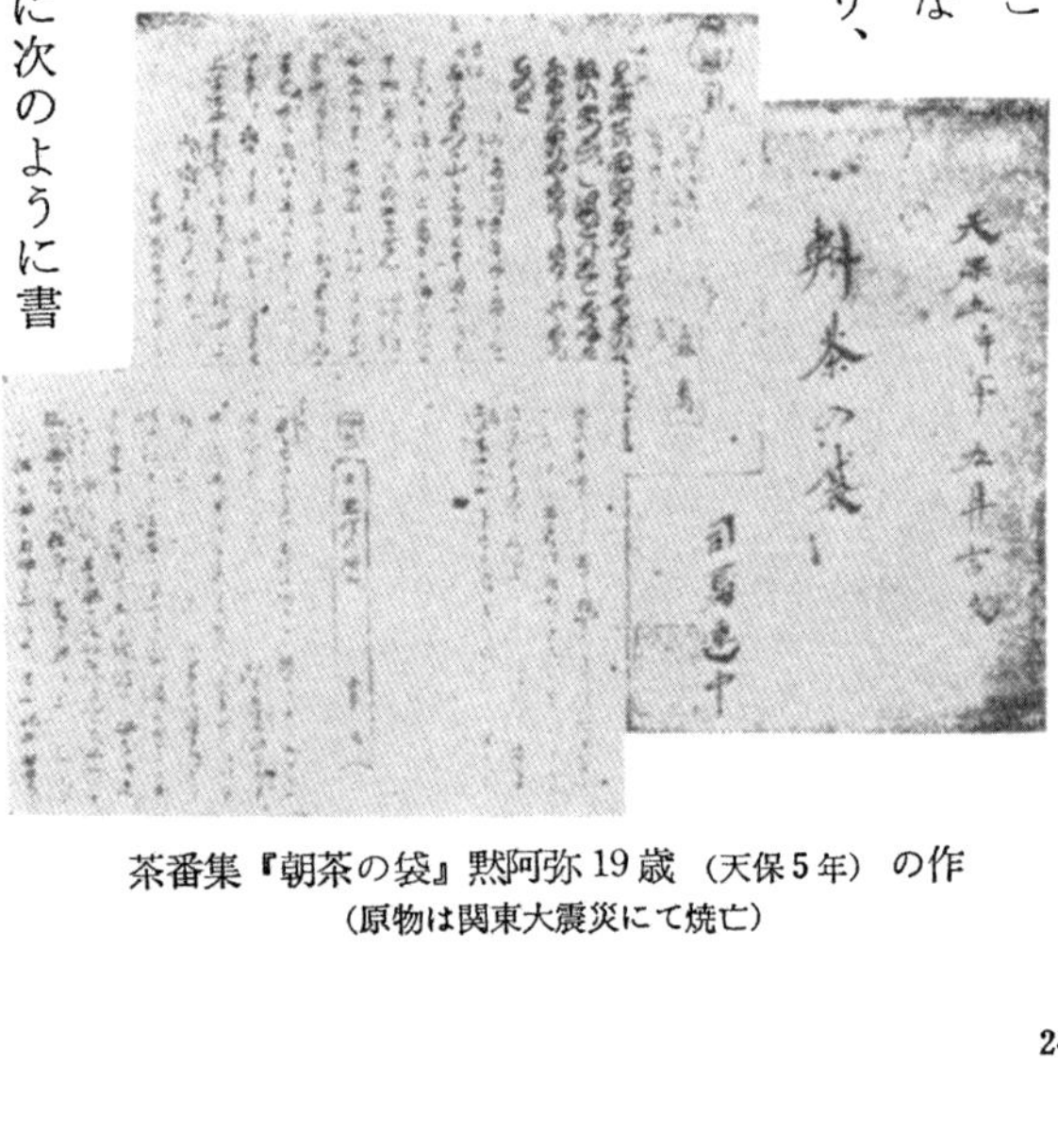

茶番集『朝茶の袋』黙阿弥19歳（天保5年）の作
（原物は関東大震災にて焼亡）

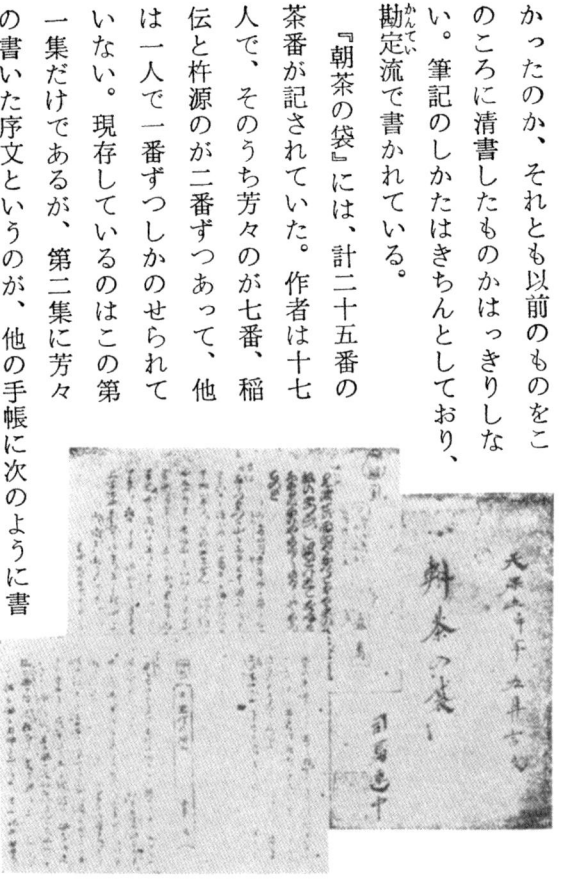

きとめてある。

根にかへる花、谷に入る鶯《うぐいす》、又立返る春に逢ふめで度きためし幾とせも、つきぬ趣向の茶番連、各々才物の述ぶる所にして予が如きの及ぶ所にあらず。蓋《けだ》し此の草紙は四方《よも》の邪君子《じゃくんし》の茶番を書いつけ置きしに、予が愚十《ぐとう》の趣向も二つ三つ其数《そのかず》に入りしは……

というのである。『朝茶の袋』も、ちょうどこのようにしてできたものであろう。なにしろ十七名の作者の書いた二十五の作品中、七つもあるのは芳々だけで、つづく次点が二つずつ二名というのをみれば、芳々が茶番の作者としてどんなに幅《はば》をきかせていたものか考えられよう。自分で編集したから、手前味噌で数が多かったとは思えない。

茶番の題には「塵《ちり》積って山となる」とか、「二階から目薬」とか、諺《ことわざ》からとったものもあるが、「義経腰越状《よしつねこしごえじょう》」「お俊《しゅん》伝兵衛、堀川」などのように、芝居から

とったものもある。「三月」「七月」または「馬士《まご》」「革羽織」などというのもある。芳々のは「是《これ》に限る」「草」「生竹《なまだけ》の細工」「一の谷」「蛙《かえる》の面《つら》へ水」「五月」「飛脚」の七番である。紙面の都合もあるので、そのうち「蛙の面へ水」というのを次に紹介しておこう。

茶番「蛙の面へ水」

蛙の面へ水と申す題でござります故《ゆえ》、蛙をごらんにいれます（と黒塗りの杓子《しゃくし》を出し）、これがおたまじやくしでござります。初めはどろ水に住みますそうでござります。これもどろ水に住みまして、飯《めし》もりと申します。かように塗つてござりますと、美しうござりますから、客が大勢でござりますが、つとめが悪いかして、客がみなかえる〳〵と申しますそうで、内所《ないしょ》でもいろ〳〵仕置《しおき》もいたしまして、小刀ばりや何かで責めまして、この以後客がかえるとつらい水責めにすると申すそうでござりますが、そのようにいわれましても何とも思いません、（杓子へ水をかけてみせ）しやあ〳〵としておりますから、

蛙のつらへ水でもござりましよう。この杓子も当家で借《か》り物でござりますから、景物《けいぶつ》はかわず（買わず）でござります。

慶応2年刊『隈なき影』に載せられた影絵
右方の俳句は自筆。上部右方はその案になる絵合わせ。
左方は仮名垣魯文の書いた略伝

これは杓子一つですませた三題噺ふうの口上茶番で、わかりやすく、単純でもある。このほか「天地人の一つ」と朱点の入った「草」のように、長唄《ながうた》を一くさり唄ってからとりかかるもの、下《しも》がかりのエロティックなものなど、長短さまざまである。

機智縦横の頓才

茶番以外の狂歌や絵俳諧などというものもあった。が、ここで注意すべきことは、黙阿弥がこうした口上茶番に、特殊な才能を持っていたことである。こうした機智に富んだ回転の早い頭であることは、やがてその戯曲作品の生命の一つでもあった。それはこれから二十年ほどたって、小団次と提携する時代まで、黙阿弥を押し進めたのも、こうした才能によるところが非常に大きく、また後年になって三題噺・絵合せ・遊食会などに黙阿弥をおもむかせ、またそこで歓迎されたのも、こういう才能があったればこそである。

何となくその日その日をすごしていた八笑人的な生活も、やがてはその生涯を

開拓するために、大きな原動力となったのであった。

狂言作者を志願する

狂言作者になったらどうだろうと、以前からたびたび思ったこともあったらしいが、特に働かなければならない身分でもなし、年齢も若かったので、一生の職業にしようとまで考えたことはなかったようである。それがある機会に、踊りの師匠沢村お紋の口ききで、その縁者である後の五代目鶴屋南北、当時鶴屋孫太郎といっていた狂言作者の門に入ることになった。

お紋は沢村四郎五郎という役者の娘で、その弟は沢村東蔵といって、相当な女方《おんながた》であったという。お紋は町の踊りの師匠をして芝の宇田川町に住んでいた。宇田川町は、黙阿弥の住んでいた金杉と近く、黙阿弥もそこへ踊りを習いに通ったこともあろう。このころは、女はもちろんのこと、男でも少し洒落《しゃれ》たものは、遊芸を習わなかったものはなかった。浄瑠璃・長唄・三味線の稽古はもちろん、ち

ょっとした踊りの二つや三つ、町家《ちょうか》のものといわず武士までもが、こぞって習っていた時代であった。なまめかしい看板をかけた横町の女師匠の家へ通って遊芸を習うというのは、それだけでいきな気分にひたることができたのであった。黙阿弥とても例外ではなかったが、お紋のところに通ってしばらくすると、どうも踊りをやる才能がなかったのか、たちが悪いからといって断られたという。

素人芝居の演出

踊りはいけなかったかもしれないが、趣向の才能にすぐれていたので、お紋のところでお浚《さら》い会などでもあるとか、何か会が開かれるときには、先にたっていろいろなアイディアを提供してやった。素人芝居でも頼まれると、お紋がお囃子《はやし》を、黙阿弥が演出をやったものらしい。黙阿弥がツケ(芝居の中でバタバタバッタリなどと析《き》を入れる)を打つのが上手であったという。そんなわけで、踊りとは無関係に、お紋は黙阿弥を重宝がり、その器用さと工夫の才能とを珍重して別扱いにしていたのである。そういう関係にあったので、お紋は黙阿弥に、自分の縁者に

孫太郎南北のあることを話し、狂言作者になってはどうかとすすめた。

そんな縁故で黙阿弥がはじめて鶴屋孫太郎とちかづきになったのは、天保五年(一八三四)十月十二日であった。このとき黙阿弥は十九歳、孫太郎は四十歳であったが、まだ立《たて》作者になっていなかった。そしてこの翌年、すなわち二十歳になってからは、芳々のかわりに勝諺蔵《かつげんぞう》という名前になって、狂言作者として出発することになるのであった。

勝諺蔵

第三　劇場に入る

一　二大歓楽境（芝居と吉原）

芝居は実に江戸の花であった。

前にも述べたように、江戸は町人の時代であったから、俳句・狂歌・川柳から小説にいたる庶民文学が愛好され、その集大成ともいうべき町人芸術である歌舞伎は、比類のないものにまで発展していった。

新興都市江戸は、将軍のおひざもとであるだけに、封建制度のきびしい町であり、「入《い》り鉄砲に出女《でおんな》」と、その交通にまで制限を加えられていた。もちろん関西への旅行は、水盃《みずさかずき》をしてでかけるような遠さにあり、窮屈な階級制度の下で

は、武士万能の時代であった。このような条件のもとで、その単調な町人生活をいろどったのは、吉原と歌舞伎であった。二大悪所場《あくしょば》といわれながら、「吉原と芝居は賽《さい》の裏表」という句が説明しているように、江戸人の官能生活を満足させていたのである。

江戸の二大歓楽境

「世の中は団十郎や今朝の春」という句は、歌舞伎と役者とがいかに江戸の人士を魅了《みりょう》していたかを物語っている。寛政（一七六八—）から、黙阿弥の育った文化・文政・天保（—一八四三）にかけては、とくにそれがいちじるしかった。当時の歌舞伎は、いまの映画と歌謡曲とテレビとが一しょになった以上の人気をあつめていた。江戸ッ子で、狂言の噂《うわさ》、役者の品定めのできないものはほとんどなかった。芝居の内幕、役者の内輪話にまで通じていなければ、通人とはいわれなかった。その流行は町人・平民にとどまらなかった。「寝起きから芝居噺の長局《ながつぼね》」という句がしめすように、上《かみ》は千代田の大奥から六十余州の大小名旗本八万騎、屋敷の宿直噺《とのいばなし》

歌舞伎の魅力

にまで浸透していたのである。役者の紋所を、かんざしや扇の上に散らして愛好した。大奥でさえも、お狂言師をやとって芝居の真似事《まねごと》をする世の中である。世間に茶番狂言が流行したのも当然である。役者の錦絵も多く発行された。草双紙《くさぞうし》の挿絵も役者の似顔絵をのせて人気を集めた。それにつれて、役者と芝居の作りだす流行が、衣服といわず、日用品といわず、世間を支配するようになってきた。たとえば高麗屋縞《こうらいやじま》・宗十郎頭巾《ずきん》・路考櫛《ぐし》・半四郎下駄などと。

このように人気を集めていた芝居の繁昌はすばらしいものであった。大江戸のまんなか、堺町《さかいちょう》の中村座と葺屋町《ふきやちょう》の市村座(ともにいまの中央区人形町にあたる)とは、まわりに多くの芝居茶屋をしたがえて、別天地を作っていた。民間ではほとんど唯一といってもい大建築であり、正面には梵天《ぼんてん》を建てた櫓《やぐら》をあげ、前面には鳥居風の絵看板と出演俳優の名前を大きくかかげ、組物格子《くみものごうし》の鼠木戸《ねずみきど》の前には木戸芸者が立って呼び込みに声をからしていた。あたりには着飾った人達が雑踏し、そこここでは芝居

の評判が立ちばなしされている。世の中も人間も、すべてが歌舞伎芝居にあけくれていた。

見物人は朝早く、まだ暗いうちから劇場に押しかける。そしておそくまで熱心に見物して、芝居の雰囲気に酔いしれて帰るのであった。一度木戸をくぐれば、そこはまったくの別世界で、彼らは有頂天《うちようてん》になり、芝居の気分に酔わされ、あるいは声色《こわいろ》をつかい、半畳《はんじよう》を入れ、ひいきの役者に声をからして声援を送ったのであった。見物の武士が舞台にかけあがり、現実と舞台を混同して、敵役《かたきやく》に刀を抜いたこともあった。土間《どま》(大衆席)に逃げこんだ敵役が、見物のお婆さんに尻をつねられたという話もある。また「助六」の狂言で水入《みずいり》に用いた天水桶《てんすい》の水が、徳利に一杯いくらと、プレミアつきでとぶように売れ、これを買って飲んだという女性もあった。

同じ芝居を三回

通人ともなれば、まず初日《しよにち》に一通り見ておき、油ののった中日《なかび》にゆっくりと見物し、忘れないようにもう一度見るという、一興行をすくなくとも三度

見るのが芝居通の常識にさえなっていたのである。

三升屋二三治のこと

黙阿弥とても例外ではなかった。このように熱中していた結果が、ついに劇場の人となったわけであるが、中年から芝居に入って作者になり、役者になり、囃《はや》子《し》方《かた》になったものには、同じような経路をとったものが少なくなかった。黙阿弥が見習作者のころ世話になった三《み》升《ます》屋《や》二《に》三治《そうじ》もそうであった。彼はもと伊勢屋宗三郎といって、浅草蔵前《くらまえ》の札差し仲間でも相当な家の長男であったが、七代目の団十郎をひいきにし、道楽半分に作者となり、芝居者を集めてはぜいたくをつくしたので、ついに家を勘当になり、劇場の人となったのである。旗本の次男とか医者のせがれなどで、芝居好きと放蕩の結果、こうした生涯を送ったものは少なくなかった。それはお囃子《はやし》部屋に彼らの刀をかけておく刀掛《かたなかけ》があったのでも想像されよう。それほど芝居は江戸の人たちをとらえ、歌舞伎役者は人気のまとになっていたのである。

二　作者部屋に入って勝諺蔵

黙阿弥が葺屋町の市村座へ出勤したのは、二十歳の春、天保六年(一八三五)のことで、歌舞伎の全盛時代はやや下火になったとはいえ、まだまだ相当に盛んな時代であった。

三代目尾上菊五郎

その春の狂言は、「梅初春五十三駅《うめのはるごじゅうさんつぎ》」という題で、座頭《ざがしら》は三代目の尾上菊五郎(梅寿)であった。五十三歳という年配であったが美男で世話物にすぐれ、ほとんどあらゆる役柄をこなしたが怪談物の上演にはなくてはならない役者であった。

七代目市川団十郎

これに対抗していたのが七代目の団十郎で、つい三年前の天保三年に、せがれに八代目をゆずり、海老蔵《えびぞう》と改めたばかり、このとき四十五歳で、芸に油ののりきったところであった。少し小柄であったが、眼玉が大きく名調子で、多才多能、

（部分）

市村座に出勤したときの作者連名
中央に師の鶴屋孫太郎があり，その左方
に小文字で勝諺蔵とあるのが後の黙阿弥

時代・世話・武道・荒事《あらごと》に長じ、実悪はもとより生世話《きぜわ》物にも成功したという、総合的に完成された役者のナンバー＝ワンであった。わがままで、ぜいたくで、のちに江戸追放になったが、江戸ッ子の人気を一身にあつめていた名優で、それが十分に活動

していたのであった。

海老蔵と菊五郎のほかには、この年の十一月に七十二歳で一世一代の松王をつとめた五代目の松本幸四郎がいた。鼻高幸四郎と呼ばれたように鼻が高く、くぼんだ眼のひとみが小さくてしかもすごく、にらみのきく、天下一品の敵役《かたきやく》であった。濡事師《ぬれごとし》からはじまり、実悪から生世話《きぜわ》までをかねて写実的な演技を創造した彼は、前年「役者の氏神、古今無類」との賛辞をうけたばかりであった。また、その芸風から渋団《しぶだん》といわれ写実的な芸風の持主である五代目の市川団蔵、江戸ッ子かたぎで喧嘩早かった「よい三津」の四代目坂東三津五郎、和事《わごと》にすぐれていた五代目の沢村宗十郎、「天下茶屋」の安達元右衛門を演じて評判になった大谷友右衛門ら。

眼千両の大太夫

女方《おんながた》では眼千両《めせんりよう》の大太夫《おおだゆう》といわれた五代目の岩井半四郎(杜若《とじやく》)が、その二人の子とともに江戸三座の立女方《たておやま》を独占していた。ほんとうの意味で、歌舞伎らしい

芝居が爛熟頽廃《たいはい》美を発揮した時代であった。やがてこの傾向に新風を吹きこんだ四代目の市川小団次は、まだ大阪の二流劇場の浜芝居で米《よね》十郎という名で修業中であった。

三　師の孫太郎南北

師の孫太郎南北

黙阿弥が鶴屋孫太郎の弟子となり、勝諺蔵《げんぞう》という名をもらって、はじめて作者部屋へ入ったのはこういう時代で、これらの役者が江戸の舞台で大活躍をしていたときのことであった。これらの名優たちの多くは、これからの黙阿弥とさまざまな関係をもつのである。

黙阿弥が世話になった狂言作者はほかにもあったが、師事《しじ》したのは孫太郎南北一人であった。大南北として知られ、「東海道四谷怪談」などを書いた四代目鶴屋(大)南北の聟に、三枚目までの作者になった勝兵助《かつひょうすけ》というのがあった。その養

子がこの孫太郎南北なのである。つまり四代目の孫にあたっていて五代目を相続した人である。寛政八年（一七九六）に生れ、嘉永五年（一八五二）に没した作者で、南北の名をついだのは天保八年であったから、黙阿弥が弟子入りしたときには、まだ鶴屋孫太郎といって作者連名の中輔《なかじく》（上から三番目くらいの位置）にいたのである。単に祖父の狂言をよくのみこんでいたといわれただけで、特にすぐれた創作もなく、祖父の書いた作品を、適当にアレンジしたくらいであった。黙阿弥との間には師弟関係こそは結ばれていたが、縁はうすく、同座した年数もほんのわずかで、黙阿弥が南北の影響をうけたのも、特にこの人からというわけではなかった。

南北に手をひかれて出勤した市村座は、葺屋町《ふきやちょう》にあった。立作者《たてさくしゃ》が三《み》升屋《ますや》二《に》三《そう》治《じ》で、その下に中村重助と鶴屋孫太郎とがほとんど同格で作者部屋を支配していた。黙阿弥は二月から出勤したのだが、興行中途だったので名前はまだ出なかった。したがって、作者としての仕事も別にしなかったものと思われる。ふつうの

見習い作者

見習《みならい》（作者）と同様に、朝早く出て部屋の掃除をしたり、お茶をくんだり、あるいは上の作者の使い走り程度のことをしていたらしい。

狂言作者の制度と職務

ここでかんたんに、狂言作者のことを説明しておこう。劇場の楽屋のなかに、作者部屋（文芸部室）があって、だいたい十人前後の作者が所属し、その首席を立《たて》作者《さくしゃ》といい、次を二枚目・三枚目の作者といっていた。その下に狂言方《きょうげんかた》・見習作者がいて、このうち実際に脚本を執筆するのは三枚目以上のものであった。見習作者は台本の清書とか雑用を達《た》し、狂言方は完成した台本から各俳優にわたす書《かき》抜《ぬき》をつくり、またかんたんな稽古を受け持つ。立作者の指導や役者の意向をきいて各種の付帳《つけちょう》をつくり、芝居がはじまると拍子木《ひょうしぎ》をうって幕の開閉、プロンプター、その他の進行一切をうけもった。

立作者は全体の中心で、はじめに興行の企画を立て、原案を作って座元《ざもと》や中心

の役者と相談して演《だ》し物を決定する。新作の場合も同じようにして筋書《すじがき》を作り、三枚目以上の作者に助筆させ、自分はもっとも重要な二・三幕を書き、全体を統一して関係者全員に読んできかせる。そのほか番付や看板の下図を書いて専門家に依頼し、大道具帳（舞台装置図）を作り、稽古にたちあって、不備な脚本は適当に改訂する。つまり立作者を中心とする作者部屋は、現在でいえば、企画・宣伝・演出・舞台監督をかねたグループで、単なる座付作者の集まりではなかったのである。

四　甲府へ旅興行

さて次の五月興行から、はじめて勝諺蔵という名前が、紋番付《もんばんづけ》の作者連名《さくしやれんみよう》の中に出た。一番小さな細い字で師匠のそばにのせられた。勝《かつ》という姓は、大南北の前名が勝俵蔵《かつひようぞう》であったので、南北の弟子筋には用いられていたのである。

初名は勝諺蔵

六月には師とともに甲府の亀屋座へ行った。それは梅寿菊五郎の実子で、和事師《わごとし》の三代目尾上松助が座頭《ざがしら》として甲府に招かれたので、その狂言作者として出かけたのである。默阿弥が旅芝居に行ったのは、あとにもさきにもこれ一度だけであった。

甲府行き

この時は初めての旅でもあり、こくめいな日記がのこされてあった。天保六年六月十九日、四ツ半(いまの午前十一時ごろ)に出立し、五日が

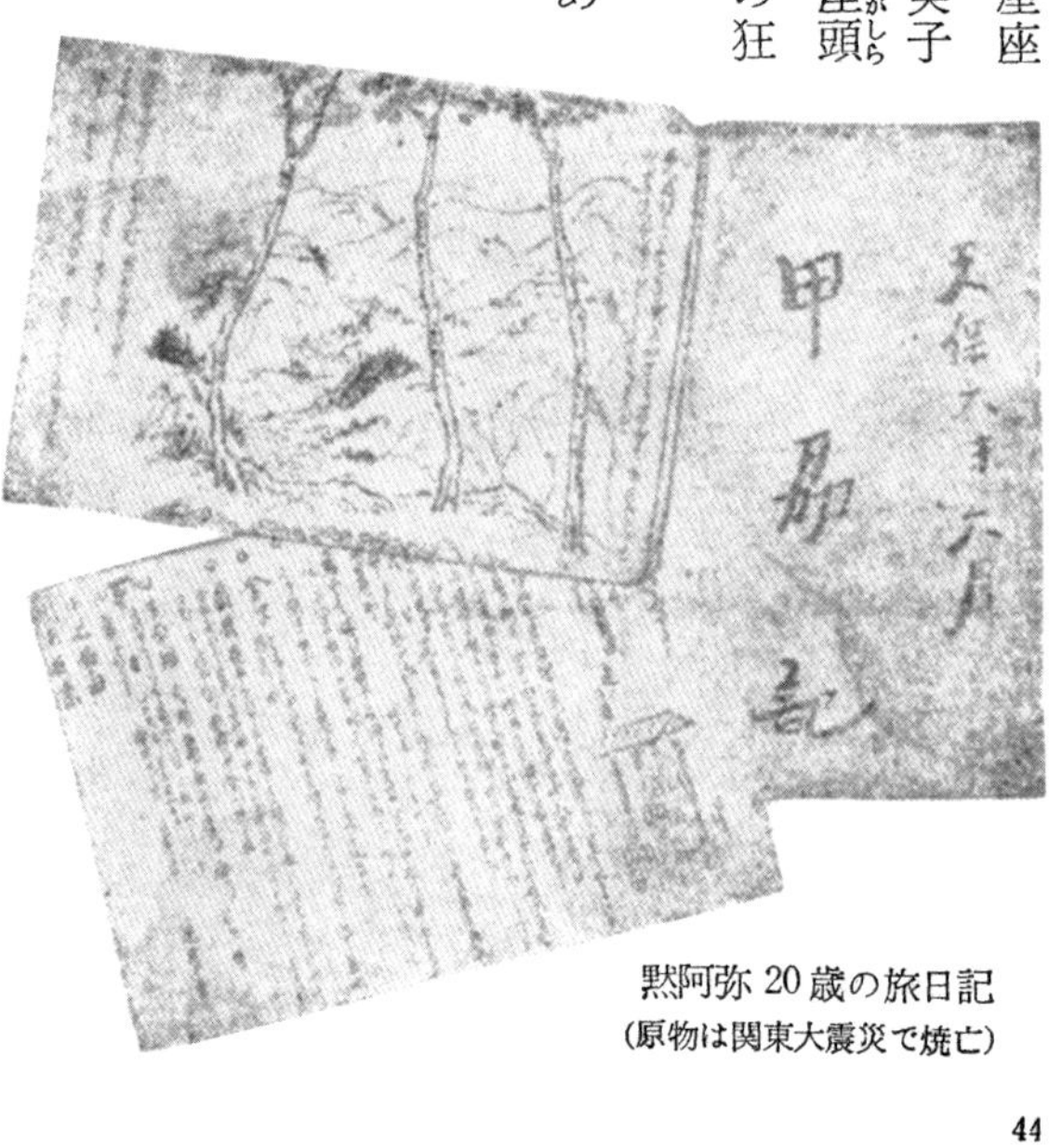

默阿弥 20歳の旅日記
(原物は関東大震災で焼亡)

かりで甲府に着いている。一座の開演する亀屋与兵衛座は、そのころ西江戸《にしえど》といわれた甲府で第一等の劇場であった。二十九日が初日で、七月の十六日まで身延山に縁のある「日蓮記」を上演したが、前半にくらべて後半は天気がわるく景気はよくなかった。帰りに身延山に参詣し、二－三人で船にのって富士川をくだり、岩本に上り、それから東海道を沼津・箱根・小田原と道中して、七月二十二日に江戸に帰った。

九月の市村座は大当りの「裏表忠臣蔵」であった。いまもおりおり上演される「お軽勘平の道行」は、このときに二三治《にそうじ》が新作したものだった。師直《もろなお》と九太夫を菊五郎、定九郎・勘平・由良之助を海老蔵《えびぞう》、力弥《りきや》を八代目団十郎という立派な配役であった。この興行に黙阿弥は、毎日二三治の家へ通って、一場ずつの書抜をして、とうとう一日中の狂言全部を一人でしてしまった。二三治の家でしたのは、当時の習慣で、書抜でも清書でも、立作者の家へあつまり、机をならべてい

っしょにしたからである。二三治も黙阿弥が一人で全部の書抜をしたのをみて、その熱心さを知ってか、世話をして菊五郎に関する作者方面の仕事を特にうけもたせ、いわゆる付人作者《つきびとさくしゃ》にしてくれた。

五　出たりはいったり又出たり

しかし、このようにしてようやく認められたこの興行中に、黙阿弥は不幸にして病気になってしまった。風邪をこじらせて熱病になり、全快するのにこの年いっぱいかかったのである。

のらくらな蕩児《とうじ》の生活から、急に心労の多い生活に入り、苦労をかさねた上に、なれない旅行の無理がつづき、それに九月興行における頑張りである。若さにまかせた無理な生活が、多分一度に出たのであろう。一たん寝込むと恢復もおそかったらしい。

一たん劇場を去る

病気になっては座に出勤できない。しばらく休んでいたが、姉の意見もあって、ついに芝居生活を断念するに至った。このようにして黙阿弥の第一の劇場生活は、七ヵ月の見習作者をもって一時中断されてしまった。

又もや雑俳の点者

翌年・翌々年との二年間は、またもとの生活にもどってしまった。天保七年から「雑記」と記された小さな帳面に、そのときどきの出来事や見聞したことが書きとめてあるが、それによると、病気が恢復してからの生活がよくわかる。冠付《かむりつけ》・五文字・ものわづけなどの雑俳《ざっぱい》、狂歌・狂句・折句・なぞなぞ・絵俳諧・どどいつ・トッチリトン・一中《いっちゅう》くずしなど、ラジオの「とんち教室」さながらに、洒落気《しゃれけ》たっぷりなものを作ったり、点者《てんじゃ》となったりして暮していた。芝の神明前に「千羽鶴」という点者の店を出したといわれるほどだから、相当に名をあげていたものと思われる。号は前からの芳々《よしよし》のほかに、柴狩山人・不通、ときには「安楽屋よしよし房」などともいっていた。

折句というのは、「折り込みどどいつ」に似ており、二字・三字または四字ぐらいの題を出し、それを五七五の調の頭によみこんで、気のきいた句にするもので、芳々の句として、「と、と、と」の題に、

鳥追の取るあみ笠に年が知れ

どなられて戸まどひなどゝとぼけてる

などという作句がある。なぞなぞにも「低い火の見」とかけて「名刀と解く、心は鍛冶(火事)が知れぬ」などというのもあった。もちろん以前につづいた生活であったから、むかしの仲間たちと茶番をやったり、つれだって遠足にでかけたり、珍らしいものはかかさずに見てまわったようである。

一時は戯作者にでも

この間に注目すべきことは、黙阿弥が一時的にもせよ戯作者《けさくしゃ》になろうという気をおこしたらしいことである。それは『叙跋集《じょばつ》』という自筆の冊子が残されていたのから想像されるのであるが、それには、京伝・三馬・馬琴と限らず、当時流

行していた小説類の叙文や跋文をこくめいに書きあつめてある。単なる興味ではじめたことではなく、むしろ研究的な態度さえうかがわれて、芝居から足をあらった黙阿弥が、戯作者になろうかという気構えをみせたものと思われる。

ところがまたこの間に、家庭は一つの不幸にみまわれた。それは姉の清が天保七年九月二十四日に没したことである。結婚もせず、ただ一生懸命に家のために働いていた姉は、三十歳という若さで死んでしまった。三年前に父に死なれ、またここで可愛がってくれた姉に死なれては、どんなにか淋しい思いをしたことであろう。けれども弟がしっかりしていたので、翌年一ぱいは相変らず遊んで暮せたのであった。

このようにしてまる二年間は、家のことなど構わなかったが、家庭の事情を考えてみると、何か身に職業をもち、少しは自分の生活をたてなければならなくな

った。

前に市村座で同僚になっていた本屋《ほんや》半七《はんしち》という三枚目の作者にすすめられて、第二の狂言作者生活にはいった。すなわち、天保九年の正月から、木挽町《こびきちょう》の河原崎座へ見習作者として出勤し、名ももとの勝諺蔵《げんぞう》を名のったのである。それに加えて、師匠の鶴屋孫太郎も、去年から南北を襲名し、立作者になっていたので好都合でもあった。

第二の作者生活

この第二の芝居生活こそ、黙阿弥にとっては試金石であった。前の見習時代は、どちらかといえば道楽半分の作者生活で、家も豊かだったので皆からちやほやされたのであるが、それだけに無駄な出費も多かったにちがいない。こんどは勘当分ということになって、裸一貫で作者生活にとびこんでいったのである。それだけに苦労も多かったであろうが、次第に実力もつき、人にも認められるようになった。

二年間で見習作者を卒業

河原崎座へ初めて出勤したときの役者は、座頭《ざがしら》が団十郎で、市川海老蔵・市川団蔵・岩井紫若《しじゃく》・嵐冠十郎らがいた。最初の興行では、黙阿弥は書抜・清書をしただけであったが、三月にはつぎたした「琴責《ことぜめ》」の稽古というものをはじめてした。これを手はじめに、やさしい場から稽古をつづけ、この年の十一月には、三《み》立目《たてめ》(今の序幕)の稽古をした。これでようやく狂言方の数に入ったのである。すなわち見習作者は計二年間で卒業することができたわけであった。

この三立目を稽古したときに、すでに全部のせりふを暗記していたものとみえ、手記によると、「無本《むほん》で教へ、頭取《とうどり》の小川十太郎にほめられ」たとある。記憶力のよかったことがわかる。作者が頭取にほめられるというのは、異例なことであった。これより前、師匠の南北は座方《ざかた》から断わられ、かわって三代目の並木五瓶《ごへい》が立作者になっていたので、本来ならば南北とともに中村座へ行くべきところを、帳元の鈴木屋松蔵から特に目をかけられていたので、ひきつづいて河原崎座に出

勤することになった。

なおこの第一年には、看板・番付の下絵を書き、また五月・七月・九月・十一月の四回序開《じょびら》きを書いたことも忘れてはならない。序開きというのは、ごく簡単な開幕劇で、十分間たらずのものだった。

楽屋名人の関三十郎

またこの見習時代に、二代目の関三十郎（歌山）が何かにつけて親切に教えてくれたという。ずっと後になって、黙阿弥が人に問われ、今まで見た中で一番上手《うま》い役者は、この三十郎であると答えたそうであるが、楽屋名人で、世間的にはあまりもてはやされなかった人であった。

顔見世からは一人前の狂言方になったので、翌年から作者連名《れんみょう》の文字も中位の太さになった。そして正月からは序開きを卒業して二立目《ふたつめ》を書きはじめた。しかしこれも作品が残っていないので、どんなものを書いたのか明らかにされない。

二立目というものも、序開きにつづく開幕劇で、本狂言に関係のない、たわいも

ない時代物の寸劇であった。

しかしこの時代は、作品を書くことよりもむしろ稽古に熟達することが専門であった。三月の「薄雪物語」には、序幕清水の場を見事に稽古することができた。これだけの場面が稽古できるようになったとき、不幸にも黙阿弥はふたたび病気にかかった。手記にも「六月よりしつを煩い、芝居を引き、暮《くれ》まで全快いたさず」と記している。しつとは湿瘡《しっそう》・ひぜん・かいせんの類である。

病気のため休座

黙阿弥は生れつきあまり丈夫な方ではなかった。とくにこのしつをわずらうまではとかく病気がちであったが、これ以後はまったく健康となり、それからは生涯、病気らしい病気はしなくなった。

六 「勧進帳」の初演にほめられる

翌年正月からは単なる狂言方から脱して、二－三枚目の作者の仕事をした。五

「勧進帳」で大いにみとめられる

月の「騎飾忠臣蔵《きばかざりちゅうしんぐら》」では、二の口・三の口を仕組んだり、二番目狂言を直したりした。九月には「伊賀越」の三幕目・七幕目を補作した。また絵本の下絵も書いた。しかしまだ筋書《すじがき》をもらって一幕たりとも書いたことはなかった。

この年には、黙阿弥にとって生涯忘れることのできないことがあった。それは天保十一年の三月に初めて興行された「勧進帳」に関したできごとである。この芝居によって海老蔵との縁も深くなり、それ故にどれだけ座方《ざかた》一同の信用を増したかしれなかった。「勧進帳」は元祖市川団十郎の百九十年忌記念興行で、海老蔵が弁慶を、六代目市川団蔵が富樫《とがし》を、八代目団十郎が義経を演じた。作者は並木五瓶、唄三味線は杵屋六三郎（のちの六翁）、振付は西川扇蔵《せんぞう》であった。

この稽古は黙阿弥が一手に引きうけた。稽古が次第に進んでくると、富樫をつとめる九蔵（のちの市川団蔵）は記憶力のいい人で、二－三度稽古すると覚えてしまい、さっさと帰ってしまう。海老蔵は反対に覚えの悪い人だったので、問答のところが

覚えられない。それで黙阿弥を頼んで特別に稽古してもらった。初日の四日ほど前からは、有名な潔癖家が楽屋の不潔さをもいとわず泊りこみで稽古にかかった。ものがものだけに、何度もくりかえしているうちに、当人よりも黙阿弥が全部のせりふを又もや暗記してしまった。これをみた海老蔵は「それではお前さんがつけてくれれば安心だ」というので、初日をあけたという。

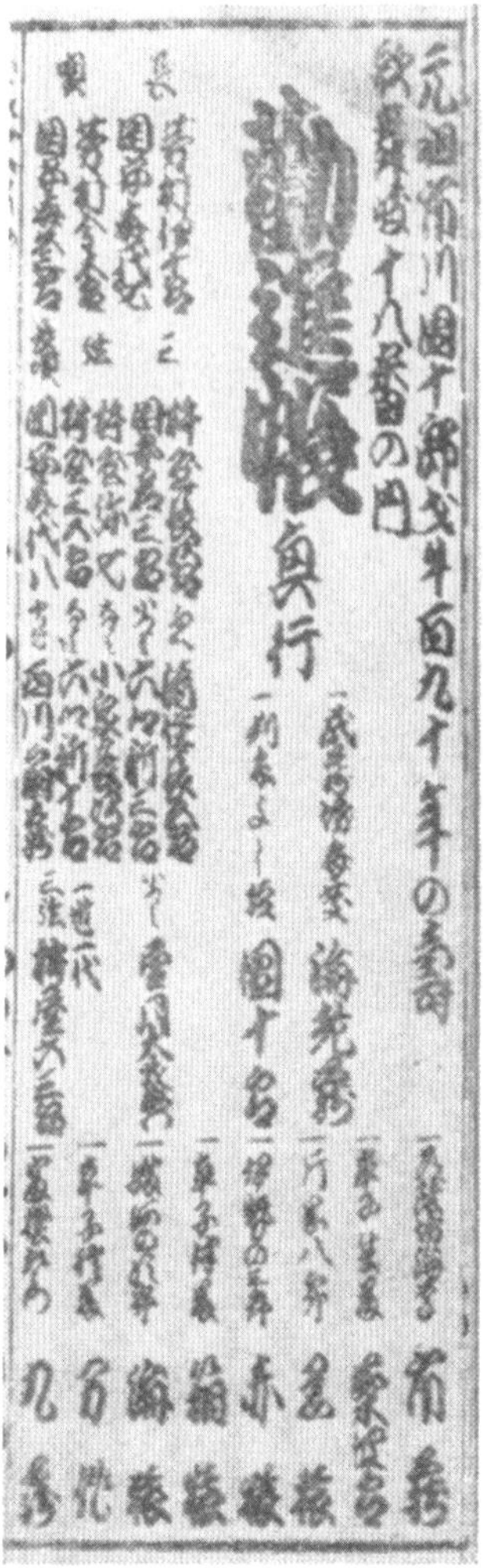

「勧進帳」初演のときの紋番付
この時の作者連名では三枚目の狂言作者に昇進している

後見姿で舞台に

ふつうの舞台ならば、台本を持って後ろの方か背景のかげからせりふをつけて教えることができるのだが、何しろ能がかりの舞台で背景らしいものもない。そんなところに台本を持ち出せば体裁が悪くて芝居にならない。黙阿弥が暗記しているので、初日から後見《こうけん》と同じ姿で舞台に出、無事に「勧進帳」を上演した。海老蔵もよろこんで褒美をくれたという。これは海老蔵だけでなく、座の者一同が非常に感心し、みとめたということである。

このようにして黙阿弥の第二の劇場生活は、将来の望みをつなぐのに十分であった。座方からはひいきにされ、役者からは重宝がられ、海老蔵などはちょっとでも面倒なところになると、諺蔵さんをと、名指《なざし》にしてきたという。

しかし、これまでになるのがなかなかたいへんであった。南北のあとで立作者として頭にいただいた並木五瓶《ごへい》には、ずいぶんいじめられたらしい。また仲間の作者たちからは、嫉妬やさまざまな妨害もうけたらしい。

けれどもその半面、狂言作者の生活には洒落ッ気もあって、面白い事や楽しいこともあったろう。師匠の南北の家に幽霊がでるといいふらしたので、南北が怒った。それにたいして仲間一同で詫《わび》証文を入れたが、それなども得意の洒落を縦横に使ってあって、さすがの南北も笑って許しただろうと思わせる文面だ。

師南北に詫証文

このようにして、ようやく一人前の作者になりかけたとき、またもや一身上の不幸が起った。それは弟の金之助が、天保十一年九月二十三日に死んだことである。これで母と二人きりになってしまった。やむをえず師匠に名前を返して作者をやめ、生家の質商を相続したのである。

母はこの四－五年の間に、三人の者が死んだので、何か不吉なことでもあるのかと、方位家《ほういか》にみてもらった。すると暗剣殺《あんけんさつ》に建てた土蔵が災《わざわい》をなしている、もしこのままだと、もう一人の息子の黙阿弥どころかお前さんもあぶないといわれたので、あわてて金杉町から宇田川町へ引越してしまった。

宇田川町へ転宅

七　ハラをきめて狂言作者に

黙阿弥は生家の相続をして、六代目の越前屋勘兵衛となったものの、もはや質屋商売が自分にあわないことはよく知っていた。一たん芝居社会の自由な空気を吸った彼にとって、変化のない折目正しい町人生活、ことに堅気な質屋にはたえられなかった。

しかし、狂言作者として立つ以上には、一流の作者にならなければ、生活していくのは困難である。が、自分の今までの作者としての実験時代をかえりみると、これから頑張ってやれば、何とかなるだろうぐらいの自信はもてた。そこで黙阿弥は最後の決心をして、諸事万端家業を整理して、狂言作者として一生を送ることに決めたのである。

そして翌天保十二年の四月から、当時河原崎座の立作者であった中村重助に頼

柴晋輔と改む

三度目の正直

み、名前も柴晋輔《しばしんすけ》とあらためて、三度目の作者生活にふみだした。つまり三度目の正直で、芝居生活に定着することになった。それ以後は死に至るまで、一年たりとも作者生活はやめなかった。

柴晋輔（のちには斯波晋輔）という名前になったのは一たん師の南北に名前を返したからであろうし、また二度も返したということから、縁起をかついだのでもあったろう。それに今度こそという気構えもあったろうし、一つには芝から来た新参者とでもいう、洒落たところもあったのではなかろうか。

二枚目の作者

柴晋輔時代には、立作者の立案した狂言の、一幕・二幕を書くことが仕事であった。つまり二枚目作者としての仕事をしたのである。はじめて三立目《みたてめ》を書いたのが、天保十三年正月の「飾海老《かざりえび》曽《そ》我門松《がのかどまつ》」（曽我と双蝶々《ふたつちょうちょう》の狂言）であった。また同年三月の「岩藤波白石《いわふじなみのしらいし》」には、西沢一鳳の筋書によって、二番目の大切《おおぎり》を書いている。脚色と助筆と稽古とで、この時代の作者生活は一ぱいであった。し

かし作者として踏まなければならない階段は、ほぼ登りつくした感じだといってよかろう。

第四　習作時代

一　天保の改革と劇場

黙阿弥が勝諺蔵《げんぞう》から柴（斯波）晋輔《しんすけ》と変ってから、二年間ほどのうちに世の中も変った。

将軍家斉《いえなり》は退いて十二代目家慶《いえよし》の代となり、老中には新たに水野越前守忠邦がなった。そして天保も末になると、世は太平になれ、幕府の政令もあってなきが如く、風紀は乱れ、奢侈《しゃし》に流れ、華美な風潮がまんえんしていた。そこで水野越前守は、町奉行の遠山左衛門尉（景元）に命じて、江戸をはじめ日本中に対してきびしい一大改革を実施した。とくに劇場に対する「天保度の御趣意」は苛酷《かこく》なもの

天保度の御趣意

劇場を敬遠

であった。

市川海老蔵《えびぞう》(七代目団十郎)が舞台で本物の甲冑を用い、自宅をぜいたくに作ったかどで、江戸十里四方を追放になったのは最も有名である。また女方《おんながた》の坂東しうかや尾上菊次郎が、女湯にはいって手錠《てじよう》の刑と科料三貫文に処せられたのも、このときであった。これらの結果として、江戸三座も移転させられるのである。

天保十二年の十月、中村座から出た火は、たちまちのうちに隣接する市村座をも焼き払った。すると幕府は劇場に火災の多いことと、上演される猥雑《わいざつ》な狂言が市井《しせい》の風俗をみだし、害あって益ないものであるから、今後一切、芝居は禁止しようという極論までとびだした。幸いにして町奉行遠山左衛門尉のとりなしで、全面的な禁止はまぬかれたが、江戸の中心から追い払われて、浅草の聖天町《しようでんちよう》へ移転を命ぜられたのである。文化的な功績は一つとして認められず、その害ばかりを数えたてて、辺地へ追放されてしまったのである。

行き先はもと小出信濃守の屋敷跡で、猿若町《さるわかまち》と命名し、三町にわかたれたが、はじめはあたり一面広々とした沼地で、交通も不便であり、ここで芝居がはたしてやっていけるかという心配さえあった。両座は五千五百両ずつの移転料を支給されて新地へ移り、黙阿弥のいた河原崎座もまもなく移転して、天保十四年の五月からは、猿若町に江戸三座がそろって幕をあけた。

二　二代目河竹新七と改名

二代目河竹新七として立作者となる

河原崎座が移転した年の十一月から、斯波晋輔《しばしんすけ》は二代目の河竹新七を名のることになった。見習に出てから六年目、二十八歳の暮から立作者格になったのである。補助《すけ》として三代目の桜田治助（狂言堂左交）がひかえていてくれた。この時の興行は「稚軍法振袖武蔵《おさなぐんぽうじゆうろくむさし》」（源平盛衰記の脚色）で、四代目中村歌右衛門が座頭《ざがしら》であった。

歌右衛門と治助とは、歌右衛門が芝翫《しかん》といっていた時代からの知友で、歌右衛門の行くところには、必ず治助が同座した。そして歌右衛門の羽振りがよくなるにつれて、治助も当時の江戸で最も勢力のある作者となっていった。黙阿弥はこのときに治助の筋書で四立目《よたてめ》(二幕目)を脚色し、大切浄瑠璃の「江戸紫男道成寺《おとこどうじょうじ》」に補修を加えたという。そして立作者として、顔見世興行に限って行われる寄初《よりぞめ》の式に大名題《おおなだい》を読みあげた。寄初というのは、来る顔見世から一年間同座するおもな役者と、座

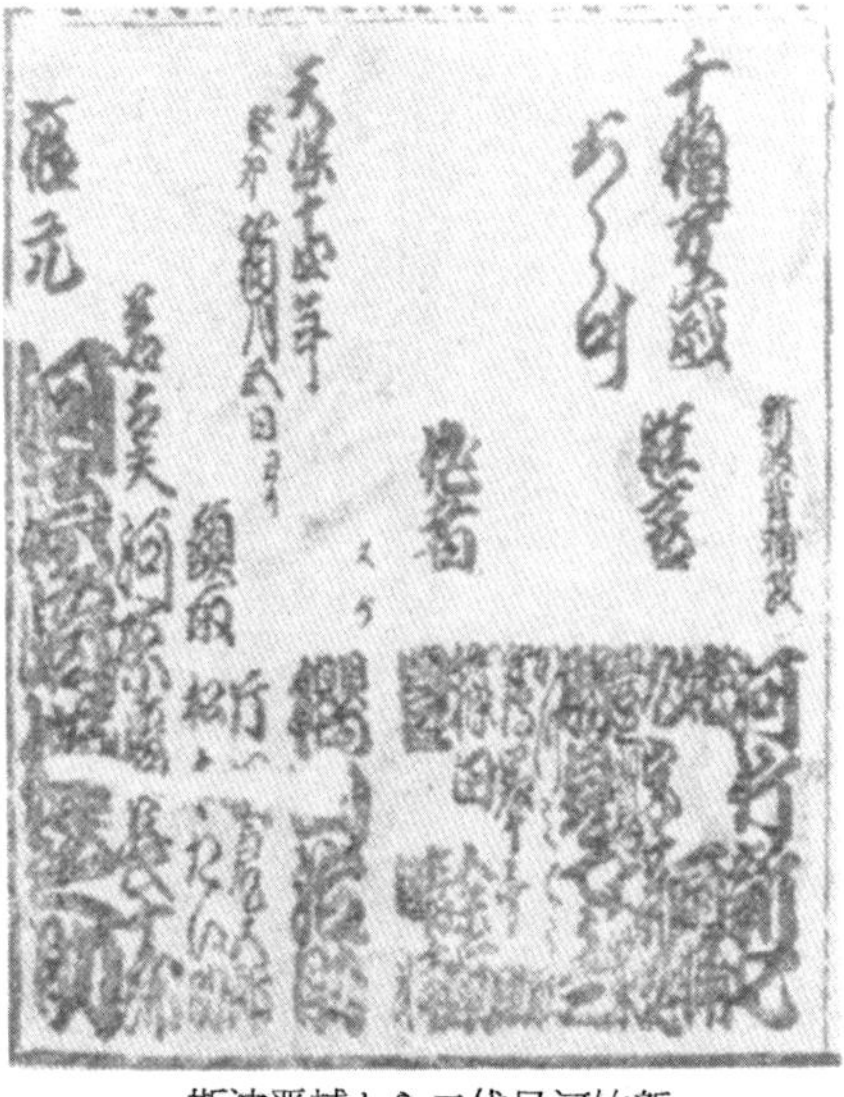

斯波晋輔から二代目河竹新七と改名したときの紋番付

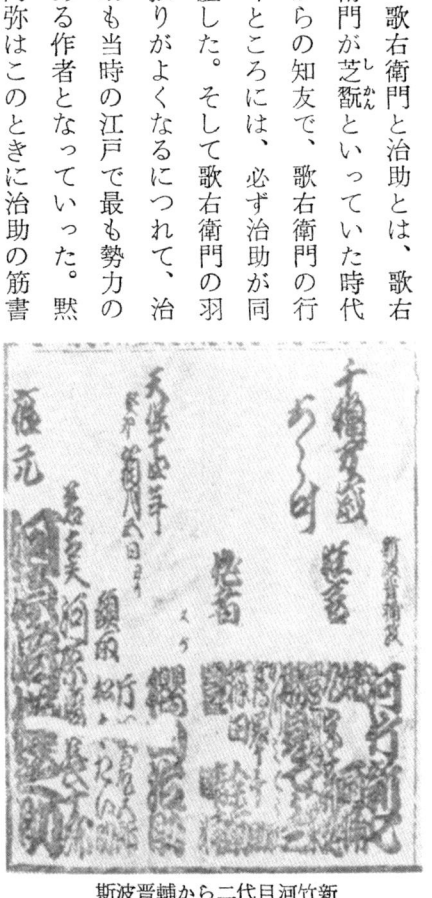

元・作者が集まって祝盃をあげ、その席上で立作者が麻裃《がみしも》の礼服に威儀を正して、顔見世狂言の大名《おおな》題《だい》(題名および語りなど)を読みあげる儀式である。十月の十七日に行われることになっていた。黙阿弥もこの天保十四年の顔見世から、この式を行うようになったのである。

改名の理由

河竹新七と改名したのは、いろいろと説もあるが、結局は周囲から推挙されて、立作者となるための改名であったらしい。黙阿弥は前々から座方《ざかた》の者に可愛がられていた。とくに、座元で才人であった六代目の河原崎権之助は、将来有望と見こんで、自分の姪《めい》を贈り、櫓付《やぐらつき》の作者にしようとした。しかし兄貴分の中村重助が、櫓付・役者付《やくしゃづき》の作者にはなるなと忠告したので、それはことわった。そのあと、座方の者が相談して、まだ実力十分ではなかったが、立作者の位置におしあげたという。それに、これと関連して、かねて面倒をみていた治助と師の南北とが改名をすすめた。それは、芝居には改名して出世の動機とする習慣があったか

らで、また三升屋《みますや》二三治《にそうじ》もしきりにすすめ、三代目の瀬川如皐《せがわじょこう》をつぐようにすすめたが、名家のあとだからといってことわったという。しかし世話好きの治助が、なおもしきりにすすめるので、それではと河竹新七を襲名したのである。

河竹新七という名儀

どうしてまた河竹新七の名をえらんだのか明らかでないが、その音調が粋《いき》で、字面《じづら》がきちんとしているから好いたのだろうとか、跡がしばらく絶えていて、人人の記憶から遠ざかっていたからともいわれる。あるいは前に姪をすすめた河原崎の河の字があったからだともいわれている。それはともかく、改名に際しては、師の南北よりも治助の方がよけいに肩を入れてくれた。座頭《ざがしら》が歌右衛門だったから、当然自分が立作者となるべきところを、黙阿弥をその位置にすえてくれたのは、すべて治助のおかげであった。のちに治助が没したとき、黙阿弥がよく面倒をみたとか、彼の一世一代の引退祝には、ほとんど一人で世話をしたとかいうのも、このころの好意に報いる意味も含まれていたようである。

三　当時の狂言作者界

黙阿弥が立作者の地位を占めたのは、人なみすぐれて早かった。が、作者になる順序は確実にふんでいったのである。

その頃の狂言作者界

ところで、黙阿弥が河竹新七をついだころの狂言作者界はどうであったか、というと、江戸・上方《かみがた》を通じて注目に値いするほどの作者は、一人もいなかったといっていいであろう。世話物と怪談物に名をあげた鶴屋大南北が没したのは文政十二年(一八二九)であったが、それ以後、黙阿弥が小団次と結ぶ安政元年(一八五四)までは、ほとんど作者としてあらわれたものはなかった。

当時の江戸三座にいた立作者格の者は黙阿弥のほかに四人あった。三升屋二三治《みますやにそうじ》・三代目並木五瓶・三代目桜田治助・五代目鶴屋南北の四人である。二三治は年齢からいっても一番の長老で、初代桜田治助の直弟子《じきでし》とあって、古老的地位を

占めていた。しかし単によく劇界のことに通じていたのみで、『作者店卸《たなおろ》し』や『歌舞伎品定《しなさだめ》』などを随筆風に書いた以外には、これといってまとまった作品はなかった。五瓶は二代目の門弟だが、「勧進帳」以外には、すぐれた作品はなかった。黙阿弥の師事した五世南北にも、前述の通り、すぐれた作品はなかった。この中ですぐれていたのが、のちの狂言堂左交、つまり三代目の桜田治助であった。歌右衛門との関係上、作者界に君臨していたけれども、作者としては浄瑠璃に腕をみせたぐらいで、特にきわだった活動もしていなかった。もちろん、こういう時代に立作者となった黙阿弥とても、その当時には、別にすぐれた腕前を発揮したわけではなかった。

河原崎座の座元権之助

黙阿弥は、改名した以上は新狂言でも書いて、腕をふるいたかったでもあろうが、河原崎座の座元権之助は、新作を好まない人だったので、その機会はなかな

かまわってこなかった。時代物が好きで、とくに興行上慎重を期する人だったので、世に知られた、あぶなげのないものばかりを上演するという人であった。八代目の団十郎が座頭《ざがしら》のときにも、何度か新作の案を立て、筋立《すじだて》をしてみたが、そのたびに「在来作《ありもの》にしましょう」といわれて、失望せざるをえなかったという。

このようにして黙阿弥は、嘉永にいたるおよそ十年間、特別になす事もなく過ごさなければならなかった。もちろん立作者となった天保十四年

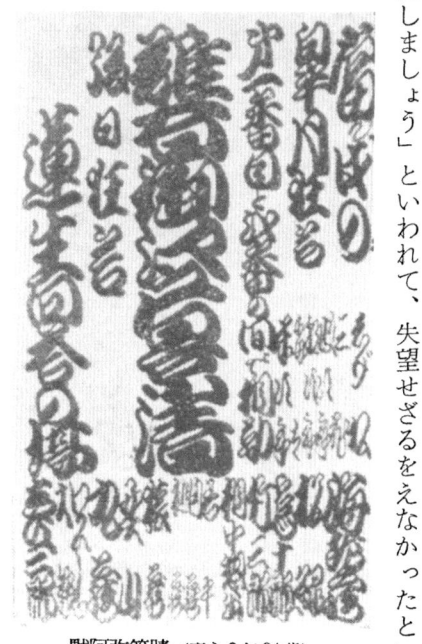

黙阿弥筆蹟（嘉永2年34歳）
その勘亭流はやわらかみといろけがあるといわれた

には、まだ格式だけで実権はなく、実際に立作者としての仕事をはじめたのは、それからしばらく後の弘化四年(一八四七)の末からである。その間に彼の座へは、団十郎・宗十郎・歌右衛門・彦三郎・小団次・梅幸・菊次郎らが来ては去ったが、拱手《こうしゅ》してみているにすぎなかった。座元の信用はあったけれども、彼の劇作上の手腕はまだ信頼されていなかった。

岩戸のだんまり

黙阿弥が一編のまとまった作品を出す前に、独立した作品ともみなすべきものは、嘉永二年三月上演の「難有御江戸景清《ありがたやめぐみのかげきよ》」(景清岩戸だんまり)が最初である。これは江戸追放をゆるされて帰ってきた海老蔵《えびぞう》の御目見得《おめみえ》だんまりであった。「琵琶の景清」を原拠としたもので、江の島弁天のいわやを天の岩戸に見立て、ここから忍び出る景清の持つ短刀小烏丸《こがらすまる》の威力によって、世界の明暗を支配するというもの。海老蔵の勢力を暗に象徴したものであった。好評で、再演もあった。

四　処女作「えんま小兵衛」

処女作「えんま小兵衛」

黙阿弥の第一作は、嘉永四年の顔見世興行に上演された「升鯉滝白旗《のぼりごいたきのしらはた》」の二番目「えんま小兵衛」二幕三場であった。このときの一番目は「青柳硯」、中幕《なかまく》が「嫗山姥《こもちやまんば》」で、二代目嵐璃寛《りかん》が上方から下った御目見得狂言であった。が、二番目の「えんま小兵衛」の方が好評であったという。

若菜屋の遊女若草が、浮世屋伊之助とかけおちして、向島へ道行《みちゆき》となる。そのあとへ平家の公達《きんだち》三位中将と呉羽《くれは》の前とがおちのびてきて、癪《しゃく》に苦しんでいる。そこへ通りかかった仏師のえんま小兵衛は、助けてやろうとして、百両の金を持っているのをみて二人を河の中へ突き落す。ここへ落ちあった修行者西念《さいねん》は系図を、伊之助は百両の金を、それぞれ拾って別れる。次の日、小兵衛は隣りの西念の家に若草と伊之助がかくれているのを見つけ、脅《おど》して

百両の金をまきあげる。し返しに斬りこんだ伊之助の血と、傷ついた若草と小兵衛の血が混合するのをみて、血縁であり、若草と伊之助は小兵衛実は平家の残党越中の次郎盛次の実子で双生児であることがわかって、両人とも自害する。二人の首は中将と呉羽の前の身替りに役立ち、小兵衛も自害し中将を同じ平家の残党西念実は主《しゅ》

「升鯉滝白旗」(嘉永4年11月，河原崎座)
えんま小兵衛の似顔は七代目団十郎(海老蔵)
である。三代目豊国の筆

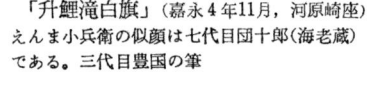

馬《め》の盛久が守護しておちのびる。

処女作ともいうべき「えんま小兵衛」の筋は以上の如くであるが、中心となったのは、語りにも「年々歳々有《あり》ふれた隣同志の世話場をば仕組を更《か》へて地獄極楽」とあるように、二幕目の隣り合わせの場で、小兵衛の家が地獄、西念の家が天人の絵などを張ってある極楽と、対照的に描いたのが評判であった。ただしこの趣向は四世(大)南北の「心謎解色絲《こころのなぞとけたいろいと》」から借りたものだった。このときの主な配役は、八代目団十郎が伊之助、海老蔵が小兵衛、九蔵が西念、粂《くめ》三郎が若草で、九代目団十郎がわずか十歳の若太《わかた》夫《ゆう》長十郎として、蝶々売眼玉《ちょうちょううりめだま》の長吉《ちょうきち》をつとめ、長い振り事をつとめていた。作品そのものも、後世の作にくらべて見おとりのしない上出来であり、配役にも人をえて好評であった。

次いで七月には、八代目団十郎の好みで脚色したのが「児雷也豪傑譚話《じらいやごうけつものがたり》」で、これは彼が合巻《ごうかん》(大衆小説)に手をつけたはじめであった。

「児雷也」

「児雷也」は、本来美図垣笑顔《みずがきえがお》の作であるが、それも柳下亭種員《りゅうかていたねかず》が書き続けたもので、当時相当に流行していた。このときには第十編までを材料としたので、それ以下は数年後に後日《ごにち》狂言として脚色された。元来黙阿弥と種員とは親交のあった仲で、種員は本名を坂本新七と呼び黙阿弥も河竹新七なので、両新七といわれたとか。作者の種員は出版元も兼ねていたので、芝居に上演されれば、それだけ売れ行きもよくなるので、相談の上、題名もそのまま用いたのである。団十郎はつい四－五年前に親孝行のご褒美《ほうび》をもらってから人気も出ていたので、芝居の評判もよく、合巻の売れ行きもよかった。

「しらぬひ」

これに味をしめてか、翌年の二月・四月と、やはり種員の合巻『しらぬひ譚《ものがたり》』を初日・後日とに脚色して続けて上演した。

このようにしている間に、世は安政元年（一八五四）となり、黙阿弥も立作者の地位

に上ってから十年、年も三十九歳になった。この年こそは黙阿弥にとって記念すべき、また意義ある年であった。というのは、四代目の市川小団次と手を握るきっかけができたし、また真の立作者として、一日の狂言全部を自身で立案するようになった年だったからである。

四代目市川小団次

後に名人とまでいわれた小団次は、江戸市村座の火縄《ひなわ》売りの子として生れ、はじめは米蔵《よねぞう》といい、上方に行って米十郎と改名し、海老蔵が追放されて大阪に行ったとき、同行して弘化元年に大阪角座で小団次を襲名した。その後江戸へ下り、じょじょに名をあげ、嘉永四年正月に中村座で「石川五右衛門」を七十八日間も打ちつずけ、その八月には「東山桜荘子《ひがしやまさくらぞうし》」（佐倉宗五郎）を演じて大当りをとり、十月まで百四日間も続演したので、急に名をあげた。この「佐倉宗五郎」は藤本吉兵衛改め三代目瀬川如皐《せがわじょこう》の作品で、黙阿弥の後輩であったが、ひと足さきに有名になったのである。後に黙阿弥が「はじめのうちは如皐さんに負けまい〳〵と

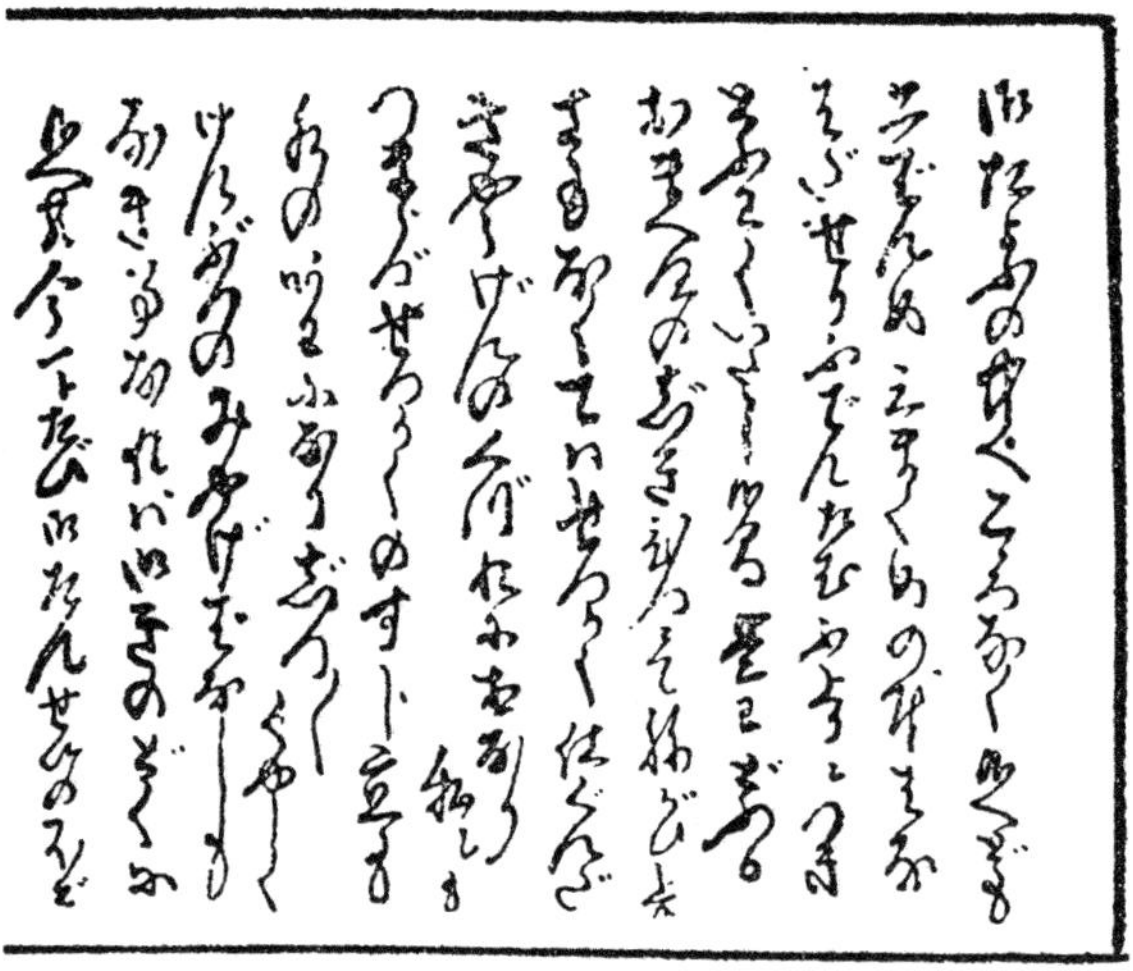

次自筆の手紙

りしないが，二番目狂言の三幕目が気に入ら
依頼した手紙，米升は小団次の俳名

御たよふの中へこゝろなく候へども
二ばんめ三まくめの本は
なはだせりふばんたん不上りニつき
とふわくいたし候間、是わどふか
おまへさまのじきひつにてねがひ上
候。
さもなくてはせつかく仕ぐんだ
きやうげんのくづれに相なり私しも
つまらづ、せつかくのすじ立も
水のあわになり、じつく＼くやしく
けんぶつのみやげばなしも
なき事なれば御きのどくに
候へ共今一トたび御たんせいのほど
ねがい上候。かの人の手には中々
および不申候間くどふもく＼
其御手にてねがひ上候
以上
米升拝
河竹様

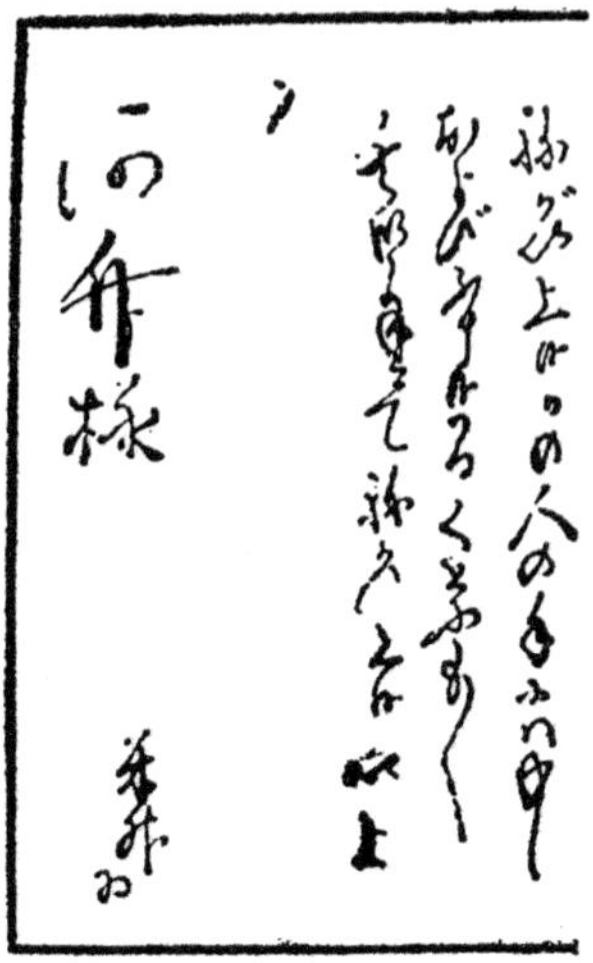

名人小団
狂言は何であったかハッキ
ないで，黙阿弥に改訂方を

出精した」と語ったことばによっても、その間の消息はわかる。その後も小団次は如皐の新作によって「切られ与三《よさ》」の観音久次、「黒田騒動」の安養法師などを演じて、ますます人気は高まっていった。

五　人気役者小団次と結ぶ

この人気役者小団次は、安政元年の三月から河原崎座に出勤し、「都鳥廓白浪《みやこどりながれのしらなみ》」に忍《しの》ぶの惣太《そうだ》と七変化の所作事《しょさごと》を演じた。このときの座頭《ざがしら》は訥升《とつしよう》で、ほかにしうか・竹三郎・友右衛門らがあった。この「都鳥廓白浪」を選定し上演するま

「忍ぶの惣太」

での事情が、小団次と黙阿弥を結びつける楔《くさび》となったのである。

もと京都吉田家につかえていた吉田の六郎は、腰元との不義を班女御前《はんじょごぜん》の情《なさけ》で命を助かり、江戸に下って今は隅田川のほとりで桜餅屋をひらいて、世を忍んでいる。その後お家騒動があり、系図と都鳥の印は紛失、当主松若丸は行方不明となる。班女御前は梅若丸を連れ、惣太をたよって宝を探そうとする。惣太は松若の行方《ゆくえ》を探して廓《くるわ》にはいり、それらしい花子をみつけて、確かめんと

(三代目豊国筆)(安政元年3月，河原崎座)
るのが忍ぶの惣太(名人小団次)

するうち、鳥目《とりめ》になる。一方梅若たちは隅田川まできて難にあい、ちりぢりになる。惣太は逃げてきた梅若を助けてやるが、懐《ふところ》に金のあるのを知って、都鳥の印を買う金がなかったので、主君とは知らず強奪するはずみにあやまってしめ殺す。翌日自分の殺したのが若き主君であったことを知り、花子実は松若丸の手にかかって最後をとげる。

「忍ぶの惣太」(都鳥廓白浪) の大詰
右より松若丸 (初代坂東しうか), 切腹してい

この脚本は、元来四代目中村歌右衛門のために書かれた「桜々清水清玄」を改

訂したものであったが、歌右衛門と小団次とでは柄がちがうので、主として向島堤での梅若殺しが気にいらず、不服をとなえて役を辞退するとまでいったのを、黙阿弥が三回まで訂正加筆し、殺しの場へチョボを入れ、舞台と花道とを割りぜりふに直し、納得させた。その結果、小団次もこの場で成功し、「無類飛切上《むるいとびきりじょう》々吉《じょうきち》」とまで評判されたのである。この時の黙阿弥の忍耐ぶりと周密な改訂方法とが、小団次を深く動かしたのであった。

天地人の仕組

八月に同じ顔ぶれで上演したのが、「吾孺下五十三駅《あづまくだりごじゅうさんつぎ》」である。これは天日坊（小団次）と地雷太郎（璃寛《りかん》）の叛逆と、人丸お六（しうか）という女賊とを組み合わせて天地人の仕組と称されたもので、一日の狂言全部が黙阿弥の立案によって新作されたものであった。この作品に対する世評もよかった。それは、当時の習慣として、評判のよかった芝居には、それを草双紙化することが行われたが、このときにはそれが三種類も出版されたのであった。のちに三世河竹新七を襲名した

竹柴金作も、この芝居を見て、「世の中にはこれほど面白い芝居もあるものか」と感心して、その門にはいる決意をしたとさえ伝えられている。これは千変万化、変幻《へんげん》出没をきわめた草双紙風の芝居で、ことに天地人のだんまりといわれた三人のだんまりなどは、特別に好評を博したという。

小団次との最初の接触は、およそこの二作であったといっていい。はじめのうちは皮肉もいい、わがままもいったけれども、それがかえって黙阿弥の腕前を発揮させ、小団次を敬服させるようになり、のちの緊密な提携時代を予約せしめたのであった。

このようにして次第に黙阿弥は一人前の作者となったが、これまでを習作時代とみなしたい。

六　結婚・安政の大地震

結婚

江戸三座が猿若町へ移転してからも、住居は芝にあった。芝から浅草まで通《かよ》うのは不便だったので、まもなく浅草正智院地内《しょうちいんじない》の寝釈迦堂《ねじゃかどう》のそば（今の雷門二丁目）に引っ越した。その時期は不明だが、弘化三年（一八四六）の結婚以前に移ったことは確かである。屋敷者の住んでいた手がたい普請《ふしん》の二階家で、土蔵と家作《かさく》がついていた。土地は寺のものだったので、借地だった。この住居は、越してから明治十九年まで、たびたびの火災で建物こそ新しくなったが、ずっと動かずに作品を書きつづけたところである。正智院の地内に住んでいたので、「地内《じない》の師匠《ししょう》」と呼ばれた。

結婚したのは、弘化三年の十一月であった。同じ浅草の並木町に住んでいた伊藤氏、大和屋源兵衛の次女琴《こと》を妻とした。このとき黙阿弥は三十一歳妻は二十一歳であった。

琴の父は茶人で、松平出羽守（不昧公治郷）のひいきをうけ、通人として知られていた。母はしっかりした賢夫人で、黙阿弥を気にいったのは、母の方であったという。

琴は父の縁で十三歳から二十歳まで、松平邸へ御殿奉公をしていた。そのためか、默阿弥の老母には非常に気にいられ、「芳がいなければいい」とまでいって、むっつりした默阿弥よりも嫁と姑《しゅうと》の方が仲がよかったという。濶達《かったつ》で気転のきく、愛想のよい、しかも几帳面《きちょうめん》な、それでいて粋《いき》な好みを持っていた。默阿弥にとっては、まことに似合いの妻であった。

默阿弥の母は、嘉永二年（一八四九）四月十七日に没した。默阿弥は、青年時代遊楽者として孝養をつくす暇がなかったというので、母を大切にした。病床についてからは、枕もとで合巻《ごうかん》（小説）などを読んできかせたこともあるという。

師の南北も、嘉永五年正月二十一日に五十七歳で没した。母に別れ師を失った默阿弥は、必然的に一本立ちとなるときがきたのであった。

安政の大地震

このときに突如として安政の大地震にみまわれた。本所深川が震源地で、安政

二年(一八五五)十月二日の夜四つ(十時ごろ)時分であった。このとき江戸中で死ぬもの七千余人、種員《たねかず》も浮世絵師の広重も圧死している。

黙阿弥はその夜寄席《よせ》に行っていたが、ふだんから注意深い人だけに、楷子《はしご》のおり口に座をしめていたから、それッというと飛びだして、怪我《けが》一つしなかった。倒壊家屋のあいだにようやくわが家の土蔵を目当に家まで帰ったが、一時の落胆はかなり大きかった。しかしようやく妻にもはげまされ、焼けぶとりを期して立ち直った。

この地震では劇場も焼かれたが、そのために一段落のついた問題が一つあった。それは黙阿弥にも転機となった事件で、河原崎座が廃座となり、森田座が再興されたことである。

河原崎座は、もと森田座の控櫓《ひかえやぐら》であったが、一時森田座が不況であった時代に、権之助が経営者となり、次第に活況を呈してきた。それをみた森田座関係者

はこれをとり返そうとした結果、両者は暗躍したが結局訴訟沙汰となり、興行ごとに面倒をひきおこしていた。しかし河原崎座がこの地震で焼失したので落着し、森田座の再興が確定し、河原崎権之助は転じて市村座の金主となった。

その結果大改革が行われ、黙阿弥はそのまま森田座にいるわけにはいかなくなり、市村座へ出勤することになった。ここにおいて黙阿弥は、二十年来の古巣であった河原崎座を出て、市村座の人となった。安政の大地震は世に「世直しの地震」ともいわれたほどで、江戸全体の生活が新活動をはじめる動機になったのであるが、黙阿弥自身にとっても、新しい転機となったのである。

才能もあり、出世も早かったが、どちらかといえば、これまでの二十年間は不遇であったといえよう。それが四十歳という年になって大きな転換をし、ここではじめて新しい市村座時代を迎えたのであった。ふりかえってみれば、これまでの生活のすべては、きたるべき新生面のための準備時代・習作時代でもあった。

第五　名人小団次と提携

一　安政の大震後

「雪駄直し長五郎」

安政の大震後の安政三年から市村座に転じた黙阿弥は、その三月興行に「雪駄《せった》直し長五郎」（夢結蝶鳥追《ゆめむすぶちょうにとりおい》）を書いた。

旗本の阿古木《あこぎ》源之丞が、非人のおこよを花水橋（吾妻橋）のたもとで見染めたのを、ちょうど雪駄《せった》を直していた長五郎がとりもって密会させる。のちに長五郎は密会所である梶井主膳《しゅぜん》を脅《おど》し、ついに主膳を斬り殺す。その後長五郎は、小手柄《こてつか》半次の女房で女賊の熊坂お長と密会して召し捕えられる。これに一番目狂言の時代物の筋をからませたもの。

役者は、彦三郎から改名した亀蔵と、その彦三郎をついだ竹三郎を上置《うわおき》に、関三十郎・四世菊五郎・権十郎などで、序幕の花水橋の見染めが花やかで美しく、評判がよかった。

七月になって小団次と同座し、これから黙阿弥はぞくぞくと新作を発表するのであるが、その第一作は「座頭殺《ざとうころ》し」（蔦紅葉宇都谷峠《つたもみじうつのやとうげ》）で、これが大好評をもって迎えられた。

文弥殺し

芝の片門前に住む文弥は、二十歳たらずの座頭《ざとう》であるが、姉のお菊

「座頭殺し」（蔦紅葉宇都谷峠）（昭和25年，東京劇場）
「宇都谷峠」の鞠子の宿。左方が文弥（中村勘三郎），右方が伊丹屋重兵衛（松本幸四郎）。次の場が宇都谷峠の文弥殺しとなる。

は自分が文弥の守《もり》をしていて誤って石の上に落し、盲目にした詫《わび》に、身を吉原に売って百両の金を作り、市名《いちな》をとらせに京都へ向けて出立させる。文弥がようやく東海道鞠子《まりこ》の宿《しゅく》まで来て、三日もつけねらわれた胡麻《ごま》の蝿の提婆《だいば》の仁三《にさ》をまきたいばかりに、江戸の柴井町の伊丹屋《いたみや》重兵衛《じゅうべえ》にすすめられ、早立《だち》をしてともに宇都谷峠にさしかかる。重兵衛は主家のために百両の金を才覚に出かけた途中なので、文弥の金が借りたくなり、ついに惨殺して奪いとる。これが祟《たた》って重兵衛は女房には病まれ、落してきた煙草入れを種に仁三にゆすられるので、鈴ヶ森へおびき出して殺害し、自分は召し捕われる。

小団次が文弥《ぶんや》と仁三《にさ》の二役《ふたやく》を演じ、峠の殺しの二役早替りも評判になり、また伊丹屋のゆすりも好評だった。鞠子《まりこ》の宿の滑稽で騒然たる場面から、一転して淋しい宇都谷峠に変るあたりは、黙阿弥の面目を十分に発揮したものといえよう。

翌年正月に書きおろした「鼠小僧」(鼠小紋東君新形《ねずみこもんはるのしんがた》)は、三月まで百日以上も

打ちつづけたほどの大成功で「評判よく大々当り」をとった作品で、江戸中の人気を独《ひと》り占《じ》めにした感があったという。

「鼠小僧」

義賊鼠小僧次郎吉は、長寛二年八月四日庚申《かのえさる》の日に、足軽与三兵衛《よそべえ》の子として生れたが、庚申の日に生れたものは盗賊になるというので、守袋を添えて棄てる。これが女賊のお熊に拾われ、自然に盗賊の修業をつんでやがて有名になる。この作品は、お熊のために難儀する若菜屋新助を救うため、鼠小僧が稲毛の屋敷から百両の金を盗んできて恵むところから始まる。この金が極《ごく》印《いん》つきだったため、新助は拘引《こういん》され、一方稲毛の辻番与三兵衛《よそべえ》も、手引きをしたと疑われて拷問《ごうもん》される。そこへ次郎吉が自首して出て、無実の人たちを助ける。

なかでも闇夜の稲毛屋敷の辻番で、番人の与三兵衛を親ともしらず、稲葉幸蔵実は鼠小僧が対面をして逃げる場と、滑川《なめりがわ》の易者と化けた幸蔵の宅とは、小団次

の芸を十分に発揮したところであった。ここで注意すべきは、明治の二名優である九代目団十郎（当時は権十郎）と五代目菊五郎（当時は羽左衛門）とが一座し、なかでも菊五郎の方は、蜆売《しじみう》りの三吉に扮《ふん》して出世役となったことである。

「正直清兵衛」

次興行の五月には、小団次が朴訥《ぼくとつ》愚直な正直清兵衛と、毒婦のお滝とを同じく二役早替りで演じて好評を博した「正直清兵衛」（敵討噂古市《かたきうちうわさのふるいち》）が書かれ、ついで七月には玉菊の追善をはさんだ「小猿七之助」（網模様燈籠菊桐《あみもようとうろうのきくきり》）が書かれた。

「小猿七之助」

巾着《きんちゃく》切りの小猿七之助は、深川大島町の網打七五郎の長男であるが、永代橋で見染めた御守殿《ごしゅでん》の滝川をつけねらい、その屋敷へ住み込み、お供に加わって、大雷雨の晩に洲崎《すさき》の土手で口説き落す。滝川は七之助の情を知って妻となり、のちには吉原の三日月長屋に身を沈める。親の七五郎も身持が悪く、酒屋の手代で滝川の許嫁《いいなずけ》である与四郎から七十両の大金を奪いとったので、与四郎は死に、その祟りで病床に臥《ふ》している。七之助は親に別れを告げ、上《かみ》

方《がた》へ逃げようとし、旅装を整えるために寄った庵の主が与四郎の父で、なお二日ほど前に殺した小坊主の師匠でもあることがわかり、因果の恐ろしさをさとって出家しようとしたところを召し捕えられる。

小団次はいいなせな江戸ッ子の七之助と、中万字《なかまんじ》屋の亭主勘兵衛とを演じた。なかでも七之助が吉原の三日月長屋へ女房をたずねてくるところは、当時の切見世《きりみせ》・局見世《つぼねみせ》の状態を写した舞台装置とあいまって、非常な好評をもって迎えられた。

小団次座頭となる

小団次は、早くから実力をもった役者であったが、門閥がなかったため、なかなかその格に上れなかったのであるが、やっと安政五年の三月に、座頭《ざがしら》の位置にあがった。このとき小団次は、市川家十八番の「助六」をやりたいと主張したのに対して、黙阿弥は適役でないことを説明し、そのかわりに生世話《きぜわ》の助六ともいうべき「黒手組《くろでぐみ》の助六」（江戸桜清水清玄《えどざくらきよみずせいげん》）を書いてあたえた。

「黒手組の助六」

近吉《ちかきち》の番頭権九郎が、新造の白玉を盗み出し、道行と洒落《しゃれ》るつもりでくすね

た五十両が、まわりまわって助六が揚巻《あげまき》を身請《みうけ》するのに役立つ。ところがその金に極印《こくいん》がうってあったので、助六に嫌疑《けんぎ》がかかって引かれて行く。助六が浅草観音堂の前まできたとき、白玉と情夫の牛若伝次が証人としてあらわれ、助六は許され、権九郎が捕えられることになる。

二　小団次と河竹新七

さてここで小団次が人気を集めるまでの、当時の劇界を見てみよう。小団次以前の名優といえば、四代目の歌右衛門と、例の海老蔵（七代目団十郎）とがあげられる。二人ともおもに時代物を得意とした。その結果、必然的に当時の江戸歌舞伎は、英雄や貴公子の登場する、誇大な金ピカ的作品と演技とが幅をきかせていた。物語も人物も服装も言語動作も、いわゆるお芝居じみたものが歓迎されていたのである。観客の側からいっても、それは多少食傷ぎみで、少なからず倦怠《けんたい》を

感じていたといっていい。

　このような時代に、黙阿弥と小団次との結びつきが作りだした新しい舞台は、まったく新たな生命の充実感を与えたものだった。その主人公は凡人であり、平民であって、英雄豪傑ではなかった。鼠小僧のような市井《しせい》の無頼《ぶらい》であり、そこに今までにはみられなかった実社会の縮図があった。生きている現代があった。芸風も写実的で、清新で、むしろ無技巧ともいうべきものであった。みた目にはむさくるしかったが、生命が充実していた。観衆は一作ごとに拍手し、出版される草双紙をあらそって買った。二人は共同で一種の革命をおこしたのであった。

名人小団次と呼ばれる

　小団次の人気はすばらしいものになった。彼が座頭《ざがしら》になったころは、日の出の勢いで、彼と八代目片岡仁左衛門と二代目嵐璃寛《りかん》とは、あたかも明治における団（九代目団十郎）・菊（五代目菊五郎）・左（初代左団次）の関係にあったという。それにつれて作者の河竹（黙阿弥）の名も、小団次とともにあがり、小団次の芝居を河竹の作によって見よ

うという風潮が強くなった。期せずして世間は小団次を当時のピカ一役者とみとめ、名人小団次と呼ぶようになった。当時流行のハイヨ節の替唄《かえうた》に、

似顔豊国役者は小団次 ハイヨ
当時作者はの みなさん う川竹《かわたけ》ひいきはたいそく

というのができて、錦絵にまで描かれたほどであった。

二人は続いて新作を上演していった。「黒手組」を演じた安政五年の十月には、海老蔵が一枚加わって「小春宴三組杯觴《こはるのえんみつぐみさかずき》」に佐野の鉢の木と馬方問答《うまかたもんどう》とを書いた。

出家した時頼は二階堂信濃守を連れて回国に出、下野国諸宿《もろじゆく》にさしかかり、雪の夕暮に馬方の藤六に頼んで佐野まで乗せてもらう。ここで問答があって佐野源左衛門の境遇と人格を知り、一夜の宿を頼み、盆栽の件があって、暁方に時頼と名のり、三ヵ所の荘園を贈る。

眼目の馬方問答では、それとしらずに時頼に向かって酔にまかせて大気焰をあ

げ幕府の不行届をなじってしゃべりちらすのだが、藤六にふんした小団次が、動きもなく音楽のたすけもかりずに長ぜりふをいい、またそれをじっと立って聴いている海老蔵《えびぞう》の時頼も、顔は笠にかくしながら耳を傾けている態度・腹芸が立派で、二階堂の浅尾与六とともに日・月・星――三千両とほめられたという。

翌安政六年の春には、代表作の一つである「十六夜清心《いざよいせいしん》」（小袖曽我薊色縫《こそでそがあざみのいろぬい》）ができた。

「十六夜清心」

鎌倉極楽寺の役僧清心が、大磯の遊女十六夜《いざよい》と馴染んだので、由比ヶ浜で追放される。一方十六夜《いざよい》も清心の子を宿していたので廓《くるわ》をぬけ出し、由比ヶ浜で逢い、二人は心中しようと入水する。女は気絶したまま流されて、川下で四手網《よつであみ》を下《おろ》していた金貸しの白蓮《はくれん》に助けられ、やがてその妾となる。行徳生れの清心は沈みきれず、岸に上って船の騒ぎ唄《うた》をきいて心機一転、同じ人間と生れたならば、栄耀栄華《えいようえいが》をして暮すのが得《とく》だと考えて悪心をおこす。それ

からは鬼薊《おにあざみ》の清吉《せいきち》と名も改め、人にもしられる悪党になる。一方十六夜は清心が死んだものと思いこみ、菩提《ばだい》を弔うため尼になって回国に出、箱根で清吉に逢い、二人してゆすりをして歩く。のちに白蓮のところへ来て、彼が大《おお》寺正兵衛《てらしょうべえ》という大賊であり、また十歳のとき神隠しにあった兄としれ、また悪事の手はじめに殺した若衆は十六夜の弟だったことがわかる。めぐる因果の恐ろしさに二人は自殺し、

白蓮はやがて捕われる。

この作品は、当時幕府の御金蔵《ごきんぞう》を破って大金を盗み出した藤岡藤十郎をあてこんだ際物《きわもの》で、小団次が清心を、粂《くめ》三郎が十六夜を演じた。このころ粂三郎には人気がな

(安政6年，市村座)
岩井半四郎)，船頭(九代目団十郎)

かったが、小団次に頼まれた黙阿弥の工夫で、美しい粂三郎のおさよをくりくり坊主にし、それから毬栗《いがぐり》になり、清吉にそそのかされて連れだってゆすりにいくという破格な試みで評判をとった。なかでも、坊主頭になっても頭巾《ずきん》をかぶっていて、幕切れにそれをとって恥かしそうに別れを告げるところには、えもいわれぬ色気があったという。この芝居は大入りで評判もよかったが、御金蔵破りをあ

「十六夜清心」(小袖曽我薊色縫) (三代目豊国筆)
①清心(四代目小団次),②白蓮(三代目関三十郎),③十六夜(八代目

てこんだかどで、三十五日目に禁じられた。

三　三人吉三・縮屋新助

翌万延元年正月には、その得意の作品「三人吉三《さんにんきちさ》」(三人吉三廓初買《くるわのはつがい》)が書かれた。

「三人吉三」

以前は吉祥院の所化《しょけ》であった、盗賊の和尚吉三が盟主となり、お坊吉三・お嬢吉三の三人吉三が悪事を働いている。和尚吉三の妹おとせが、兄である十三郎と兄妹とは知らず畜生道におちて、和尚の忍ぶ吉祥院へ来て、入り組んだ筋を敵討と木屋の御家再興に必要な百両金の調達を頼む。そして入り組んだ筋をたどってみると、その伝吉を殺したのがお坊吉三で、百両を奪ったのがお嬢吉三だとわかり、二人は申しわけなさに自殺しようとする。和尚は悪党の仁義から、弟・妹の首をはね、二人の身替りにして落してやる。しかし贋首《にせくび》と

わかって和尚は捕われ、二人はこれを助けようとして捕手に囲まれる。しかしお家安泰の目的を達した三人は、差しちがえて死ぬ。

「三人吉三」（三人吉三廓初買」）
大川端出合の場（三代目豊国筆）
和尚吉三（四代目小団次）（万延元年正月，市村座）

この作品は、黙阿弥がみずから会心《かいしん》の作としていたものであり、人物と事件の筋が非常に複雑にからみあい、因果ものがたりで組みあわせた白浪《しらなみ》狂言である。なかでも二幕目、庚申塚での三人吉三の出逢いには、「月もおぼろに白魚の、かがりもかすむ春の空――」という名ぜりふもあって、美しい抒情《じょじょう》的な場面として今日でもたびたび上演されるほどであるが、初演のときは評判にくらべて入りはあまりよくなかった。けれども明治初年に復演されてからは、黙阿弥作中の傑作として推されるようになった。また事実、伝統的な技法・脚色を用いながらも、黙阿弥の茶番的趣向の発展したドラマツルギー(劇作法)の好標本というべきものになっていた。

人気役者の福助に押される

同年の七月、当時若手の人気役者の福助が四代目芝翫《しかん》をつぐことになり、中村・森田の両座を掛持《かけもち》することになったので、両座の間にはさまれた小団次の市村座は苦戦状態におちいった。ひいき先から贈られた幟《のぼり》は何本となく立てられ、劇場前は積物《つみもの》を山とつんで花が咲いたよう。それにひきかえて市村座は一月以来パ

ッとせず、引きつづいての不況に沈んでみえた。小団次も、今度の狂言が当らなければ、残念ながら江戸を離れようと心をきめ、黙阿弥と額《ひたい》を寄せて挽回策《ばんかいさく》を練った。これに応じた黙阿弥は両座の景況をそのまま芝居の世界に借りて、「縮屋《ちぢみや》新助《しんすけ》」（八幡祭小望月賑《はちまんまつりよみやのにぎわい》）を書き、舞台を深川八幡の祭礼にみたてることにした。両隣りの二座にはためく幟を、自分たちの劇場の芝居の祭礼の幟《のぼり》にしてしまったのである。神輿《みこし》を仕切場《しきりば》に飾り、芝居茶屋の前には地口行灯《じぐちあんどん》を出した。この趣向がまんまと大当りに当ったので、楽屋内にも祭りの趣向をこらした藤棚ができ、幕間《まくあい》には馬鹿囃子《ばやし》を囃したてる、いろいろな催しもはじまる。揃いの浴衣《ゆかた》まででてきて、大いに景気をあおりたてた。この調子ならばいつまでも続演できると思われたが、八月二十八日に座が類焼したのでそれきりになった程で、芝翫の改名もめちゃめちゃとなり、両座とも大《だい》の不入《ふいり》に終った。「縮屋新助」は次のような筋であった。

毎年夏になると江戸へ出てくる縮《ちぢみ》売りの越後新助が、深川八幡の祭礼に赤間源左衛門から喧嘩をふっかけられる。命もすでに危くなったところを、深川芸者のお美代が挨拶して助けてくれる。源左衛門はお美代を口説《くど》き、はては間夫《まぶ》の穂住新三郎の新の字を腕に彫ったのをなじるのでお美代は返答に窮する。これをみた新助が出て難を救い、お美代は私の情婦であるという。これがきっかけとなって、やがて新助はお美代に思いをかけるがきいれられず、あれこれと

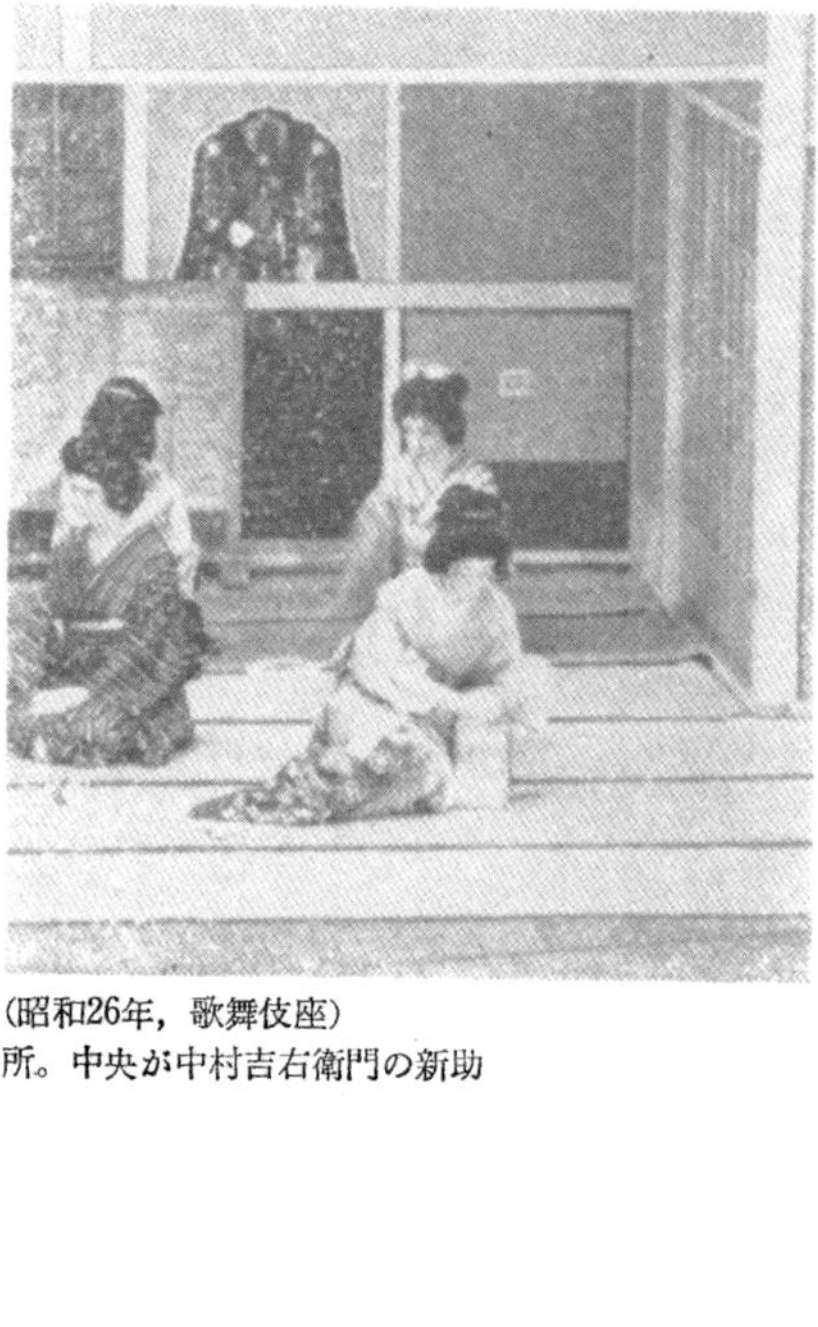

(昭和26年，歌舞伎座)
所。中央が中村吉右衛門の新助

金を使い果したので故郷へも帰れず、村正の刀を手に入れたのが祟《たた》って狂気し、お美代をはじめ二十余人を惨殺するが、お美代は五歳で別れた実の妹としれるので自分も腹を切って死ぬ。

これはその以前実際にあった美代吉殺しをとり入れたもので、縮屋にしたのは、小団次が越後の縮売りの形《な》りで、荷を背負って舞台に出たいという希望をい

「縮屋新助」(八幡祭小望月賑)
新助にたいして美代吉が愛想づかしをする

れたものであった。

作者としての地位も確立

黙阿弥の名声は、このころからいよいよ高くなり、その地位も高まって、作者が芝居における軍師として認められるようになった。三座のわりふり(役者・作者を三座に割りふる慣例があった)に際して、黙阿弥は名題《なだい》役者二人に匹敵するものとして扱われたというような空前絶後の栄誉も、このころからあたえられたのであった。

三座の鼎立

猿若町《さるわかまち》に移ってからの江戸三座は、一丁目・二丁目・三丁目と軒を接して建てられており、また一年ぎめの座頭《ざがしら》制度にもなっていたので、相互の間にはまことにはげしい競争が生れていた。元禄のむかし大阪で、竹本座と豊竹座が対抗した事実がある。竹本座は義太夫を陣頭に立てて近松門左衛門が筆をとり、豊竹座は若太夫を立てて紀海音《きのかいおん》が作品を提供して、たがいに苦心したという。江戸三座も同じようにたがいに対抗意識をもやしていたのであった。座の消長は座頭と立作

者とが一切の責任を負うような形になるので、必然的にたがいにしのぎを削るようになった。なかでも三丁目の守田座と二丁目の市村座とは、いつも競争の形であった。近松が「曽根崎心中」を書いて豊竹座を圧倒したのは、黙阿弥が「縮屋新助」を書いて形勢を挽回したようなものであった。近松と義太夫の関係は、黙阿弥と小団次の関係と似たようなもので、他座は常に恐慌をきたしていたという。黙阿弥もそういう点では競争意識十分で、つねに相手を圧倒するようなアイディア・趣向を考えて苦心していたことは、後に黙阿弥が市村座以外にも出勤するようになって、かえって楽しみが薄くなったと語っているのをみてもよくわかる。

四　その頃の協演者

しかしながら、小団次がいかに名優であっても、一人では芝居はできない。黙阿弥と小団次はたしかに中心人物であったが、この二人を助けた功労者をも忘れ

ることはできない。次にその二―三人を列挙してみよう。

三代目関三

小団治を相手に、立敵《たてがたき》として最も多くつきあったのは、三代目の関三十郎である。錦絵でみてもわかる通り、幸四郎に似て鼻の高い、造作の大きな顔の、押し出しの立派な、せりふまわしのうまかった俳優である。「十六夜清心」の大盗白《はく》蓮《れん》実は大寺正兵衛とか、「御所の五郎蔵」の星影土《ど》右衛《え》門《もん》などをやっている。堅くて寂しい芸風だったので、小団次とは対蹠《たいしょ》的で、かえって情調を十分に助けた。

亀蔵と団蔵

また「鼠小僧」のお熊婆や、「座頭殺し」の伊丹屋重兵衛などを演じた亀蔵、あるいは「髪結藤次」の神崎屋喜兵衛、「腕の喜三郎」の神崎甚内などをつとめた六代目団蔵なども同じような芸風の人であった。

二代目尾上菊次郎

女方では、尾上菊次郎という天下一品の世話女房役者がいた。小団次・黙阿弥とともにそのころ三幅対といわれた人で、喜三郎の女房お磯、「村井長庵」のおりよなどはその代表作であった。古くから小団次とは縁のある女房役者で、彼の

出世狂言の五右衛門に女房お滝、佐倉宗五郎に女房おみねを演じて、すでに好一対とうたわれていた。風采もあがらず地味な芸風だったが、それが小団次の生世話《きぜわ》狂言にはうってつけであった。

十六夜《いざよい》になり、お嬢吉三になった粂三郎（のちの半四郎）は美しいだけ。また「小猿七之助」の滝川や、「鼠小僧」の松山をつとめた四代目菊五郎（梅幸）は、温厚な、人がらのよかった役者で、ともに小団次の芸風と衝突するようなことはなかった。

五　村井長庵と黒手組助六

大当りをとった「縮屋新助」は万延元年に書かれたが、以後小団次の没する慶応二年までの間の、小団次中心の新作をみてみよう。

翌々年の文久二年の八月には、悪党の典型ともいうべき「村井長庵」（勧善懲悪《かんぜんちょうあく》覗機関《のぞきからくり》）が書かれた。

極悪人の長庵は、その義理の姉を吉原に売って得た五十両の金ほしさに、姉聟の重兵衛を赤羽根橋で殺して奪う。そしてその罪を、塩冶《えんや》の浪人藤掛道十郎にきせたので、道十郎は捕えられて牢死し、妻のおりよは子供を抱えて難儀する。別に長庵のために苦しめられている質屋伊勢屋五兵衛の養子千太郎と、伊勢屋の手代久八とがあり、これが道十郎とは主従の関係で、ともに長庵をうらんでいる。そのうちようやくにして人入れの忠蔵が証人としてあらわれ、長庵は捕えられる。

生れつきの金銭欲のために、弟であろうと姉であろうと、恩義のあるなしにかかわらず惨忍《ざんにん》・無慈悲な行為をする徹底的悪人の長庵と、そのために苦しめられる実直な番頭久八のふた役を演じ分けて、小団次の当り役となった。「大岡政談」の創作的脚色で少々陰気な作品であるが、黙阿弥自身としても気にいった作品の一つであった。

「腕の喜三郎」

つづいて翌文久三年八月には、侠客《きょうかく》を主人公とした「腕の喜三郎」（茲江戸《ここがえど》小腕《こうでの》達引《たてひき》）が初演された。

剣客神崎甚内のもとで神影流《しんかげりゅう》をきわめた喜三郎が、召使のお磯と不義をして勘当される。十年後、神崎の娘お照の危いところを助けた喜三郎は、これを機会に詫を入れるが許されない。というのは右の腕の強いのを自慢に喧嘩を売り、侠客の頭分《かしらぶん》と立てられているからである。それで喜三郎は、今後絶対に人と争わないという誓いを立て、その証拠に右腕を切って詫を入れ、神影流の奥儀をも伝授される。その後師家《しか》が相弟子の大鳥逸平に恥かしめられたのを報ずるため、誓いを破ってこれを討ち取る。

小団次の喜三郎と菊次郎の女房お磯は、ともに出色《しゅっしょく》の出来で、これに当時売り出しの四人（訥升《とつしょう》・家橘《かきつ》・九蔵・三津五郎）が、喜三郎の四人の子分を揃ってつとめたので、人気が集まって成功した。

同じ侠客でも、前者がほとんど創作であるのに対して、翌元治元年二月に上演された「御所の五郎蔵」（曽我綉侠《そがもようたてしの》御所染《ごしょぞめ》）は、種彦の合巻『浅間嶽面影草紙』によったもの。

「御所の五郎蔵」

浅間家の侍女時鳥《ほととぎす》は、もと茶の湯の師匠一斎の妹娘さらなみである。淀の夜船で喧嘩にあい、雑踏の中に迷いこんで、五郎蔵の母お杉に、その娘卯《う》の葉と間違えられてつれ帰られたが、虐待にたえられず家出をし、鮑田《あわびだ》村の地蔵堂で浅間巴《ともえ》

「御所の五郎蔵」（曽我綉侠御所染）（昭和29年，歌舞伎座）
左方五郎蔵（六代目菊五郎），中央茶屋の亭主（坂東三津五郎），右方星影土右衛門（六代目大谷友右衛門）

之丞に見染められ妾となって全盛を咲かせる。浅間の後室百合《ゆり》の方《かた》は、時鳥を憎んで毒を呑ませ、これをなぶり殺しにする。五郎蔵はもと浅間家の臣須崎角弥という者であったが、侍女のさつきと通じて主家をはなれ、侠客となって御所の五郎蔵と改めた。夫五郎蔵のために苦界に身を沈めたさつきを、侍女のころから恋慕していた星影《ほしかげ》土《ど》右衛門《えもん》が身請《みうけ》しようとする。時鳥の実の姉で、忘貝《わすれがい》といっていた傾城《けいせい》逢州が、それをみかねて土右衛門をつれ出す。さつきが苦心の愛想づかしを、それとは知らず恨んでいた五郎蔵は、誤まって逢州を殺す。さつきも翌日五郎蔵の家へ来て、因果を語りあい、二人とも自害する。

最後の幕で、小団次の五郎蔵と菊次郎のさつきとが自害して、一人は尺八を吹き、一人は胡弓《こきゅう》をひいて死ぬという、しんみりした場面はとくによかったという。この場はのちになっても誰も上演せず、たとえやってもダレてしまって不成功に

終ったという。それほどの芸の力をもっていた小団次であった。

毒婦の典型を描いたのが、慶応元年五月の「女定九郎《おんなさだくろう》」（忠臣蔵後日建前《ちゅうしんぐらごにちのたてまえ》）である。

「女定九郎」

まむしのお市とまでいわれた毒婦が、伏見街道の雨やどりに、お軽の母にあい、二世をちぎった定九郎の敵《かたき》の片割れと知ってゆすりにいく。ところがお市はお軽の実の姉で、与市兵衛・定九郎・勘平の死の原因も、みずからまいた種と知り、悪業《あくごう》の深さに鉄砲で自殺する。

これは『忠臣蔵』五段目の後日《ごにち》として脚色されたもので、その中心はお市のゆすりにあった。

この時代にはほとんど唯一ともいっていい時代物で、有名なものに「曽我の敷皮」（生立曽我《おいたちそが》―富治三升扇曽我《ふじとみますすえひろそが》）がある。これは慶応二年二月に守田座で上演された。

「生立曽我」

河津《かわず》の三郎祐泰《すけやす》の遺子一万・箱王が、後の禍いをおもんぱかった頼朝に捕えられ、由比ヶ浜でまさに斬られようとする。これが畠山重忠の切なる諫言によって赦免されることになり、すでに浜辺で敷皮に坐っていた二人は、危いところを助けられる。

小団次は、両子の養育を一身にひきうけた鬼王と、重忠とをつとめて成功した。鬼王は世話でいくので当然成功したが、不得意と思われた重忠も、黙阿弥の工夫で途中から世話にくだけ、頼朝公への諫言をみごとに演じたので好評だった。

「鋳掛松」

この二番目に上演された「鋳掛松《いかけまつ》」(船打込橋間白浪《ふねへうちこむはしまのしらなみ》)は、前の「曽我の敷皮」とともに小団次の最後の舞台となった作品である。

鋳掛屋渡世の松五郎が、両国橋の上から田舎大尽《だいじん》の船遊山《ふなゆさん》をみて、金さえあればどんな栄耀栄華《えいようえいが》なくらしもできるのだと、心機一転して宗旨を変えて盗賊になる。ある夜大盗賊の梵字《ぼんじ》の真五郎《しんごろう》の妾宅に強盗に入り、妾のお咲が五

年前に夜舟のなかで契りを結んだ女とわかり、真五郎の情で夫婦にしてもらう。二人はのちに寺門前の花屋へ門付《かどづけ》になって来たが、その主人佐五兵衛が松五郎の実父とわかり、十七年ぶりの対面をする。その喜びもつかの間で、助けるつもりで渡した百両のため、恩ある刀屋宗次郎が入牢したときき、書置をして松五郎は切腹する。

小団次最後の白浪《しらなみ》狂言で、二月十二日に開場以来、死ぬ五月八日ごろまで百日ちかくもうちつづけた当り狂言であった。

六　小団次の舞踊劇

小団次は、最初江戸へ下ったときにも「七変化《しちへんげ》」の所作を演じて評判を高めたほどであるから、舞踊方面にもすぐれた腕をもっていた。したがって黙阿弥も、彼のために浄瑠璃ものも多く書いたが、増補の「左甚五郎」などを別として、世

話がかった滑稽浄瑠璃・狂言浄瑠璃も多い。

小団次と舞踊劇

「夜這星《よばいぼし》」は「日月星昼夜織分《じつげつせいちゅうやのおりわけ》」（安政六年）三段返しの上の巻である。清元・竹本・常磐津《ときわず》で、七夕祭《たなばたまつり》に牽牛《けんぎゅう》と織女《しょくじょ》が天の川であうところへ、御注進《ごちゅうしん》々々と〽呼ばわる声も高しま屋、とんで気軽な夜這星」という清元がきれると、「小団次《たかしまや》・小団次《たかしまや》」という声で割れるような人気。とんで出た姿は一つ星のついた鬘《かつら》、好みのこしらえで欝金《うこん》の褌《ふんどし》をぶらさげた愛嬌《あいきょう》たっぷりの姿、これで御注進となる。〽一つ長屋の雷が、夫婦喧嘩で乱《らん》騒ぎ」にはじまり、子供の雷と隣りの婆ァ雷が出てきてゴロゴロいいながらとめる。とめるはずみに婆ァが倒れる。すると婆ァ雷が入れ歯の牙を呑みこんでつかえたので、〽苦しやというにおかしく吹出し笑うて仲直り」になるまで、亭主・女房・子供・婆ァと、それぞれの雷を一人で踊りわけた。そのあざやかさは、無類の出来であったという。

このほか、「縁結び」に田舎の取上婆《とりあげ》ァ茨木《いばらき》を踊ったのもよかった。これらのほかには「吹き矢」とか「写し絵」などの、当時流行の風俗をとり入れた大切《おおぎり》浄瑠璃ようのものもあった。

四代目清元延寿太夫

浄瑠璃物のことを述べれば、黙阿弥と清元延寿《えんじゅ》太夫の関係も忘れられない。太兵衛になり延寿斎となった四代目の延寿太夫は、安政五年の十月に襲名したのであるが、この太夫は黙阿弥を信頼し、黙阿弥もその技倆《ぎりょう》を認めて、生涯にわたって清元を舞台に用い、その流行するのに大いに力になった。百を越す作品をあたえられ、ために清元節《きよもとぶし》の性格さえ変ったほどであった。その最初の結びつきは、安政六年七月の「木幡小平次《こはだこへいじ》」にお花半七の道行《みちゆき》を入れて「由縁色萩紫《ゆかりのいろはぎのむらさき》」という清元を書きこんだのがそれであった。その後はほとんど毎興行に清元を用いた。なかでも十六夜《いざよい》と清心《せいしん》とが百本杭《ぐい》で出あうところの〽朧夜《おぼろよ》に星の影さえ二つ三つ、四つか五つか鐘《かね》の音《ね》も、もしや我が身の追手《おって》かと、胸に時うつ思いにて」という

文句のある「梅柳中宵月《うめやなぎなかもよいづき》」とか、「三人吉三」の櫓《やぐら》の場の「初櫓噂高島《はつやぐらうわさのたかしま》」などは、今でも清元でたびたび演奏されるほどで、当時としても評判が高かった。新内《しんない》から脱化した吾妻路《あづまじ》を「小猿七之助」のころから、はじめて黙阿弥が舞台に用いた。「黒手組」の序幕で評判をとった「忍岡恋曲者《しのぶがおかこいはくせもの》」も、はじめは吾妻路であった。このほか常磐津《ときわず》・岸沢《きしざわ》・富本《とみもと》などもよく用いている。

小団次のすぐれた所作《しょさ》に、清元の美しいのど、加えて花柳寿輔《じゅすけ》の振付と、このように揃っていたのだから、作者としても新作浄瑠璃を書くのにはりあいがあったことと思われる。

七　泥坊伯円・泥坊役者・白浪作者

ここでふりかえってみると、小団次の演じた主人公に、泥坊の多いことが目立つであろう。事実、小団次は泥坊《どろぼう》役者と呼ばれ、黙阿弥は泥坊作者（または白浪《しらなみ》作

者）といわれたほどで、世話物の大部分は盗賊をあつかったいわゆる白浪物である（盗賊を白浪というのは中国の『後漢書《ごかんじょ》』に見え、白波谷にたてこもった白波賊に由来する、浪も波も同じこと）。

盗賊が題材に選ばれたのは、時代が幕末の無警察状態であり、それを反映して当時の講談・落語界で白浪物が流行し、世の中全体もこれに興味を持ったからである。なかでも講釈師松林伯円《しょうりんはくえん》は、別名を泥坊伯円といわれたほど、白浪物を得意の演目としていた。次に、世話物の材料として当時の事件をあつかっても、盗賊のことだけは、比較的取締りがゆるやかだった点もある。勧善懲悪のヴェールで包んでおけば、弁解は十分になりたったからである。それに作品としても、探偵物と同様に変化があり、好奇心を満足させ、同時にその中に殺人・強姦《ごうかん》・拷問《ごうもん》などの強烈な刺戟を書きこみ、スリラーがあったからである。

しかし、こういう作品を生み出させた直接の原因は、小団次その人にもあった

といえよう。彼は小柄で風采もあがらず、また声も悪いという、役者としての肉体条件にめぐまれていなかった。が、京阪の小芝居で修業した彼の芸は、自由自在な表現力に富み、およそあらゆる役にふんして活躍できたのである。なかでもその芸術的才能を十分に発揮したのは世話物で、それまでの江戸にはみられなかった音楽的演出を試みて成功させた。

生世話物は一種の社会劇

その天分を早くに見抜いた黙阿弥は、当時の現実を写した、一種の社会劇でもある生世話物《きぜわもの》を多く提供したのである。したがってそこに描かれたものは、すべて当時の社会に発見されるもので、士農工商の各階級の様相・矛盾、吉原の生活と実相、それらをめぐる義賊・強盗・巾着切り《きんちゃくきり》、無頼漢や遊び人、毒婦など、それに加えて当時の本能主義・刹那《せつな》主義・官能美・惨酷趣味など、崩壊直前におかれた封建社会の時代相がことごとく反映されており、これらは別の目でみれば、一種の幕末世相史・風俗史であるということができよう。

しかし、このようにして、あまりにも時代相を写しすぎた結果、逆にこれによって小団次は殺されたということもできる。

それは「鋳掛松」が好評で上演されていたときのことである。寺社奉行《じしゃぶぎょう》から役人が出張してきて、最近世話狂言といって市中の風俗をうつし、また人情の機微といって盗賊や遊女のことばかり上演しているようであるが、これはかえって勧善懲悪の主旨にも反する結果となっているので、以後はそのようなものを上演しないようにというお達しをうけた。たまたま病気で寝ていた小団次のところへ黙阿弥がそれを伝え、「仕方がありません、時代物で何か新しいものでも書き

ちょんまげ姿の黙阿弥（60歳）の写真（これを記念として散髪になった）

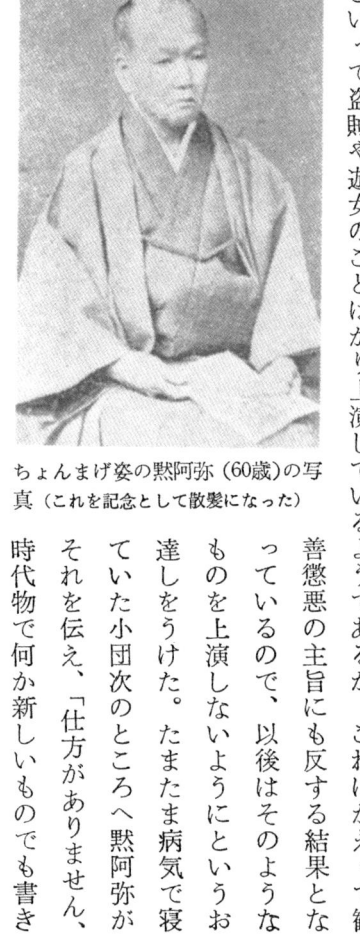

小団次の憤慨

ましょう」といったところ、小団次は顔色を変えて「それじゃァこの小団次を殺すようなものだ。もっと人情を細《こま》かに、もっと本当らしくやれといってこそ、芝居が勧善懲悪にもなるじゃありませんか。見物の身につまされないような芝居をして、何の役に立ちます。これじゃ私の病気は助かっても、舞台は死んだようなものです」と大いに憤慨し、それから急に病気が重くなって、まもなく死んだという。

こうして、一代の名優小団次は死んだ。二人で築きあげた十年間の努力の結晶(二十六の世話物・五つの時代物・十の浄瑠璃)を残して。小団次を失った江戸の劇壇は、火の消えたように淋しくなった。重みがあって、しかも人気のあるという役者は、一人もいなくなった。守田座も小団次が欠けては、その興行もみじめなものであった。

その年の八月には、追善興行「孝悌讃《こうていきだん》六十余集」が上演された。小団次のうめあわせにせめて大道具だけでもおどろかそうと、土間を左右に割って錦帯橋《きんたい》を見

せ、夫婦役者で残された菊次郎が加賀の千代となり、亡き夫をおもって回国《かいこく》するという名趣向であったが、とんと見物はこなかったという。

小団次の芸風の継承者

小団次の肉体はほろびたが、その芸風と精神とは後世に大きな影響をあたえた。とくに家橘《かきつ》次にのべる当時の若手役者で、その影響をうけなかったものはない。とくに家橘(五代目菊五郎)と九蔵(七代目団蔵)とは、そのはなやかで派手な面と、地味な寂しい面とをそれぞれ強くうけついで、ともに明治の名優となったのである。

第六　成熟期

一　切られお富・弁天小僧

黙阿弥が四十歳から五十歳にわたる成熟期には、名人小団次のために最も多く筆をとったのであるが、そればかりではなかった。田之助・権十郎・家橘《かきつ》・訥升《とっしょう》・九蔵らの若手役者が次第に擡頭《たいとう》してきて、新時代を作ろうと活躍しはじめてきたので、彼らを対象とした作品もかなり生れた。次にその主なものを挙げておこう。

若手俳優と

数多い若手のなかで、とくに積極的で傑出していたのが、三代目の沢村田之助であった。美貌で勝気で演技においても人気においても若手の随一で、子役のと

きから評判が高く、万延元年の正月守田座で立女方《たておやま》になったのは、年少十六歳のときであった。

田之助が黙阿弥と同座したのは文久元年の市村座からであるが、田之助は彼に懇請して作品を書いてもらった。「いろは新助」（轡音纒染分《くつわのおとたずなのそめわけ》・文久元年五月）が早かったが、やがて「切られお富」（処女翫浮名横櫛《むすめごのみうきなのよこぐし》）が元治元年七月に守田座で上演されてから、二人の間は一そう緊密になった。

「切られお富」

赤間源左衛門の妾お富が与三郎と密通したので、源左衛門はその身体を三十三ヵ所も切りさいなみ、川に棄てさせる。と棄てに行った蝙蝠安《こうもりやす》が途中で変心し、お富を助け、薩埵《さった》峠へ連れて行き女房にする。三年後与三郎に会い、その宝刀詮議《せんぎ》に協力するため蝙蝠安を殺し、自分は身を売って二百両の金を調達する。その後お富は父の丈我《じょうが》から、与三郎とは実の兄妹、しかも蝙蝠安は主人であったことを知らされ、自害する。

この作品は、三世瀬川如皐《じょこう》の「切られ与三《よさ》」（与話情浮名横櫛《よわなさけうきなのよこぐし》）を翻案《ほんあん》したものだが、もとの作品にくらべて、出来具合も評判もともに遜色《そんしょく》のないもの。もちろん田之助がお富を演じ、与三郎は兄の訥升《とっしょう》が演じた。

この作品が好評をもって迎えられてから、すぐその十月には「孝女お竹」（身《みの》光於竹功《ひかりおたけのいさおし》）が書かれた。ちょうどこの頃に、お竹大日如来の開帳があり、それと実際にあった天王橋の仇討ちとをあてこんだ作品で、なかなかの成功をおさめた。

翌年の三月には「紅皿欠皿《べにざらかけざら》」（月欠皿恋路宵闇《つきのかけざらこいじのよいやみ》）が成功をおさめ、つづいて同じ年の八月には「笠森おせん」（怪談月笠森《かいだんつきのかさもり》）が上演された。

「笠森おせん」

草加《そうか》在の名主《なぬし》の娘に、おきつ・おせんという美人の姉妹があって、おきつは今村丹三郎の屋敷に奉公中、殿のお手がついて、やがて正妻になるところ、丹三郎は家老の娘を迎えなければならなくなり、おきつは在所へ帰すことに

門跡《もんぜき》で、これを悩ますので、おきつを丹三郎の指図とおもい、恨んで亡霊となってこれを悩ますので、おきつ

なる。今村のしもべ市助は、かねてからおきつに心を寄せていたので、河岸《がし》へ誘い出し、口説いたがはねつけられたので、これを惨殺する。おきつはすべてを丹三郎の指図とおもい、恨んで亡霊となってこれを悩ますので、丹三郎は切腹して果てる。笠森稲荷の門前で茶屋を営んでいた妹の笠森おせんが、市助を殺して仇を討つ。

田之助はおきつとおせんの二役を演じたが、おせんよりもおきつが中心であり、九蔵の市助とともに評判で大当りをとった。

「お静礼三」

翌々慶応三年正月には「お静礼三《しずれいざ》」（傾城曽我廓鑑《けいせいそがくるわかがみ》）が書かれた。

浅草田甫《たんぼ》に住む非人の伝二《でんじ》が拾いあげて育てたお静は、今小町《こまち》と呼ばれるほど美しかった。これが女

茂兵衛（四代目中村芝翫）
8月，守田座）

太夫として門《かど》に立つうち、奥州屋という小道具屋の若い衆で、今業《なり》平《ひら》といわれた礼三郎に見染められ、子供まで生れる。のち礼三郎が菊一文字の短刀を紛失した申しわけに身投げしようとして伝二に救われ、非人小屋での楽しい生活がしばらくつづく。しかし奥州屋の娘が礼三郎を恋していたので、二人の仲はさかれる。別れてから一月ののち、礼三郎は大師《だいし》詣《もう》での帰り、お静は眼病平癒のため日朝《にっちょう》さまへ

「笠森おせん」の錦絵（豊原国周筆）（慶応元年
右より中間市助（七代目団蔵），おせん姉おきつ（田之助），隠家の

願詣《がんもう》での戻り道、雪の小磯ヶ原《こいそがはら》で再会し、悲しい別れを惜しむ。

これは噺家《はなしか》の柳橋《りゅうきょう》の実見談に暗示をえて作ったもので、とくに小磯ヶ原の雪の別れは見物人の涙をしぼったという。もちろん田之助がお静を、相手役の礼三郎はこれまた当時人気者の家橘《かきつ》(のちの五代目菊五郎)が演じて、一そうの人気を集めた。

その後も「おわか伊之助」(隅田《すみだ》川《がわ》鶯音曽我《はるつげそが》・お静礼三の後日)や「塵塚お松」(意《こころの》錦繍《にしき》浮名《うきなの》塵塚《ちりづか》)などを書いていたが、田之助は不幸にして脱疽《だっそ》を病み、当時の名医ヘボンの治療もむなしく、明治元年十一月には、両足切断という、役者にとってはほとんど致命的な肉体的条件となった。しかし足を切断しても、その舞台への情熱は強く、翌年三月に

(明治5年2月，村山座)

は「敷島怪談《しきしまかいだん》」（廓文庫《くるわぶんこ》敷島物語）で再出発をはかった。幸いにこの作は好評で、黙阿弥も足を失った田之助に、足がなくてもつとまる役を工夫してあたえ、それだけに特色のある舞台を作りだしたが、田之助はさらに両手をも失い、胴体だけとなった。その最後の舞台は、明治五年二月の「国性爺姿写真鏡《こくせんやすがたのうつしえ》」で「古今彦惣《こきんひこそう》」の趣向を借り、田之助は古今を演じた。

四肢を失った田之助

浪花の芸妓《げいぎ》古今が黒木屋の彦惣を夫にもって間もなく、鳴門を船で

三代目沢村田之助（右方）の最後の舞台錦絵（豊原国周筆）

行く際に難破し、異国船に助けられロンドンに行き、恩人カンキスの妻となって七年の年月がたつ。彦惣が尋ねて行って、カンキスの邸の楼門の上と下とで面会するが、古今は恩人の病気のため帰国できず、彦惣も父が病気との知らせをうけ、二人は涙ながらに別れる。

形式を「国性爺合戦」の楼門の場に借りた作品で、田之助が古今を、兄の訥升《とつしょう》が彦惣を演じたが、田之助が一世一代の口上に託して彦惣を見送りながら、「白浪の泡にひとしき人の身は、夜半《よわ》の嵐の仇桜、明日《あす》をも待たで散ることあれば、これがお顔の見おさめかと、思いまわせばまわすほど、おなごりおしゅう（ト見物を見渡し、暇乞《いとまごい》の思入《おもいいれ》があって）ござりまする」と別れを告げる場面では、涙を流さぬものはなかったという。

田之助は不幸な役者であったが、作者の黙阿弥にとっても、十分に活躍させる作品を提供するには時間が短かく、不幸であったといえよう。後年になっても、

「この役は田之助のような役者にさせたかった」とこぼしていたように、黙阿弥自身、田之助の天分を十分に発揮させるべき作品を、まだ書き足りなかったことを語っている。

田之助についで人気のあったのが、家橘《かきつ》（のちの五代目尾上菊五郎）であった。黙阿弥とは、まだ前名の羽《う》左衛門のころ、市村座に移った以来の知りあいで、出世役の「鼠小僧」の蜆《しじみ》売り三吉をはじめとして、絶えず何かと役をみてもらっていた。彼が十九歳の文久二年、黙阿弥によって書かれた「弁天小僧」（青砥稿花紅彩絵《あおとぞうしはなのにしきえ》）は、その人気を爆発的にしたものである。

〔序幕〕小山の息女千寿姫は、許嫁《いいなずけ》の

錦絵にえがかれた黙阿弥（50歳ごろ）
（一恵斎芳幾筆）

家橘のちの五代目菊五郎

弁天小僧

「弁天小僧」にヒントを与えた錦絵
後の八代目岩井半四郎(当時粂三郎)を女装の賊に
三代目豊国がかいたもの

信田小太郎《しだのこたろう》に化けた弁天小僧に、家の重宝《ちょうほう》胡蝶の香合《こうごう》を渡し、その仮住居へ行く。赤星重三《あかぼしじゅうざ》は、信田の後室とこれを守護する伯父の頼母《たのも》のために千寿が宝前に供えた百両の金を盗むが、小山の家中の者に捕えられ伯父から勘当される。忠信利平《ただのぶりへい》はその金をだましとったが南郷力丸《なんごうりきまる》がこれを奪おうとする。〔二幕目〕化けの皮をぬいだ弁天が、小太郎を殺害したことを告げたので千寿は谷底に身を投げる。弁天は辻堂からあらわれた日本駄右衛門の手下となる。申しわけに死

のうとした赤星をとめた忠信は、もと赤星の家来分とわかり、百両の金を与える。赤星は駄右衛門の一味に加わる。あと弁天と南郷があらわれ、結局赤星の金と弁天の香合とが入れかわる。〔三幕目〕娘姿の弁天と、その供侍《ともざむらい》に化けた南郷とは、浜松屋の見世先《みせさき》にあらわれ、わざと万引《まんびき》とみせかけて店の者に打ちたたかせ、その詫料として百両とる。それを駄右衛門が見破って金をとり返す。奥座敷で礼物を出す主人の幸兵衛に、駄右衛門は刀を抜いて、あり金残らず出せといい、このとき弁天・南郷も店の者を縛って入り込む。しかし幸兵衛の話から、その子の宗之助は駄右衛門の実子、弁天は幸兵衛の実子で、しかも幸兵衛はもと小山の家中《かちゅう》で、現在胡蝶の香合《こうごう》を探していることがわかる。〔四幕目〕五人の賊は稲瀬川で勢揃いをする。〔五幕目〕香合の行方を追った弁天は、奸計《かんけい》にあって極楽寺の山門で捕手にかこまれ、香合は滑川《なめりがわ》に落ちるので、これまでと立腹《たちばら》を切る。駄右衛門も包囲されたが、青砥藤

綱と宗之助があらわれ、香合を拾い、また忠信・赤星・南郷が捕えられたことを知らせたので、駄右衛門も縛《ばく》につく。

錦絵がヒント

この作品は、錦絵からヒントをえて書かれたものである。ある日、近くの絵草紙屋から、歌川豊国のかいた粂三郎を弁天小僧に見たてた大錦絵《おおにしきえ》を買ってきたものがあった。それは緋縮緬《ひじりめん》の長じゅばんに、緋鹿《ひが》の子《こ》のがっくり島田で、解《と》き荷《に》に腰をかけ刀を畳にさし、銚子で酒を呑んでいるという図柄《ずがら》のものであった。これをはじめとして五人男が揃ったので、それから趣向を構えたのだという。したがって、その意味と、劇中に登場する青砥藤綱とから、「青砥《あおと》稿花紅彩絵《ぞうしはなのにしきえ》」という題が生れたのであった。

後の九代目団十郎と

九代目の団十郎になる河原崎権十郎とは、生れる前からの知りあいといってもよく、若太夫長十郎のときには「えんま小兵衛」の蝶々売り眼玉の長吉、それか

ら「後日《ごにち》の児雷也《じらいや》」では児雷也、「鼠小僧」の大黒屋亭主など、それ相当の役は割りあてて書いてきたが、彼の渋い沈んだ芸は、まだ人気を高めるまでには至らなかった。明治二年の「日蓮記」までは、中心となって活躍する作品もなかったが、明治になってから、新しい活動をはじめることになるのである。

後の七代目市川団蔵と

市川九蔵（のちの七代目団蔵）も、小団次に可愛がられただけに、黙阿弥の作品で出世していった。「腕の喜三郎」の男達《おとこだて》幻《まぼろし》長蔵、慶応二年の「明石志賀之助《あかししがのすけ》」（櫓太鼓《やぐらだいこ》鳴音《おと》吉原《もよしわら》）の相撲取朝霧、「笠森おせん」の若党市助などがその出来栄えで評判を高めた。また慶応三年の「鳩の平右衛門」（稽古筆七《けいこふでななつ》いろは）のように、彼を中心にした作品も書かれた。

「鳩の平右衛門」

足軽寺岡平右衛門が、主家塩冶《えんや》の没落後故郷に帰り、病父につかえていたが、やがて仇討の機が熟し、矢間・小汐田《おしおだ》の両人が知らせにくる。平右衛門は迎

えて間もない妻としめしあわせ、わざと父に勘当されて旅立つ。しかし逢坂《おうさか》山《やま》で弁当をつかいながら、落ちた飯粒に集まる鳩の親子の情愛をみて家へ引き返し父にわびる。父は未練の残らぬよう切腹して門出をはげますので、平右衛門は涙をはらって出立する。

「義士銘々伝《めいめいでん》」の一部であり、変化のすくない作品だが、人情に富み、九蔵の芸風と相まって成功し、後年中村吉右衛門が復演して好評を博した。

初代左団次

また初代の市川左団次は、小団次の死ぬ前々年の元治元年に江戸へ下ったので、まださして目立った役もなかったが、慶応元年の「上総《かずさ》市兵衛」(上総綿小紋単地《かずさもめんこもんのひとえじ》)では、東金茂《とうがね》右衛門と、中幕の「俊寛」で蟻《あり》王に扮《ふん》している。彼との関係もまた、明治になってから深くなるのである。

いずれにしても、小団次の死は、新旧交替の一時期を作ったといえよう。世の中が次第に変化して、やがて明治の新時代を迎えるためには、新しい世代がやは

り必要だったのである。人気も次第に若手に移り、小団次から教えをうけた写実的な演劇精神が、彼らによって新時代にふさわしい花となって開くのも、もう間もなくのことであった。

二 三座兼勤

黙阿弥という人は、江戸ッ子でいて、江戸ッ子らしくない、落ちついたところがあった。それはどこか曲亭馬琴に似ている。一生涯を通じて信義に厚く、出所《しゅっしょ》進退をはっきりとさせていた。尻の重い人で、作者生活に入ってからも、ほとんど自分からその勤める座を動いたことはなかった。他の作者が、二年・三年で転々としたような時代でも、そんなことはなかった。河原崎座には二十年近くもいた。河原崎座が廃座になり、市村座へ移ってからは、自らもとめて他座へ移ろうともしなかった。

作者はそれでもよかったが、役者の方はそう同じ座にばかりいられなかったので、小団次との間が密接になり、離れることができなくなってからは、小団次の

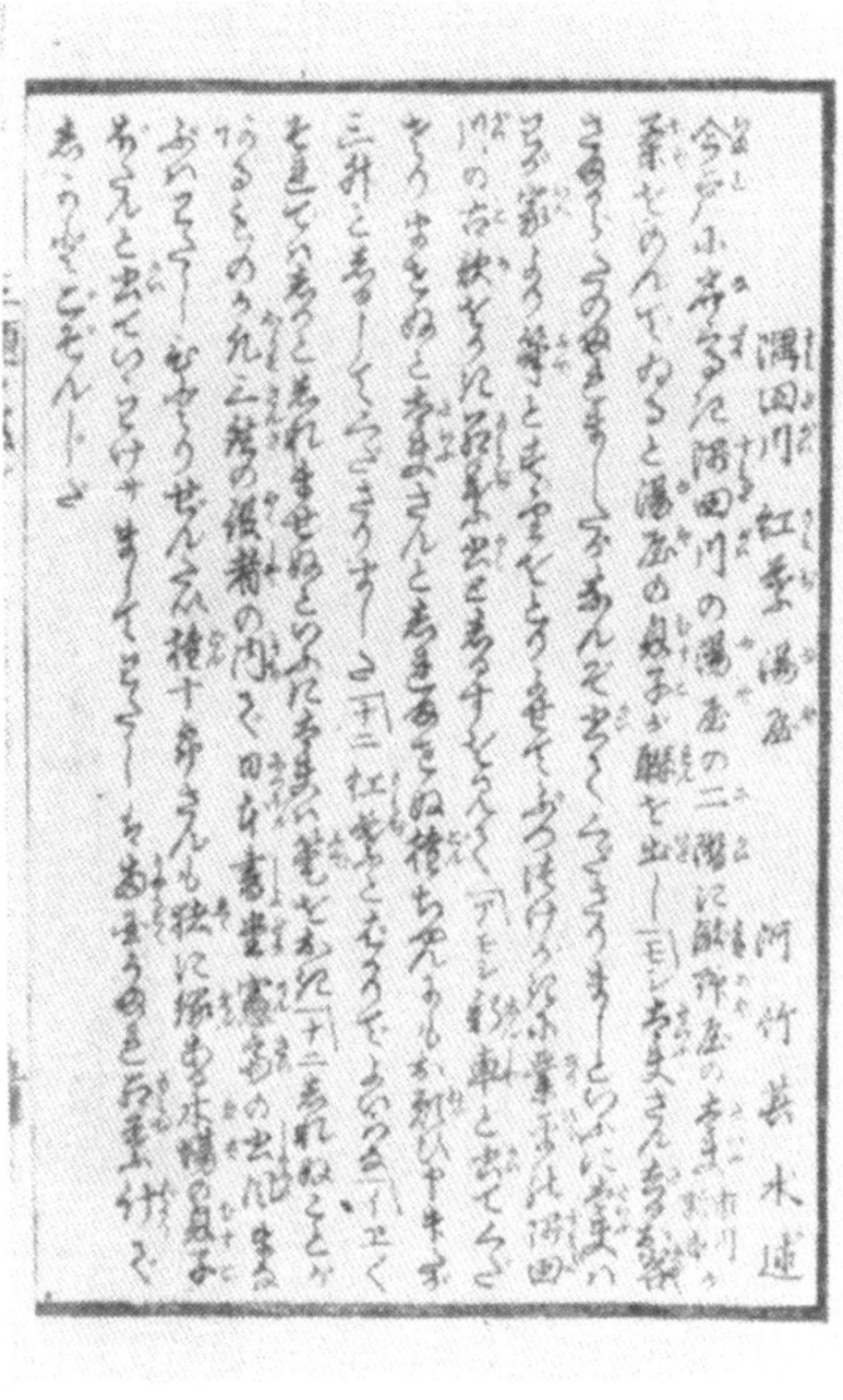

人伝』に載った黙阿弥
垣魯文．狂歌は自作，左方は自作三題噺)

江戸三座を兼勤

出勤する座には出勤するようになり、ついには三座兼勤するようになった。守田座へ「スケ」（補助）として出たのは文久元年の二月からで、時の立作者《たてさくしゃ》は狂言堂左

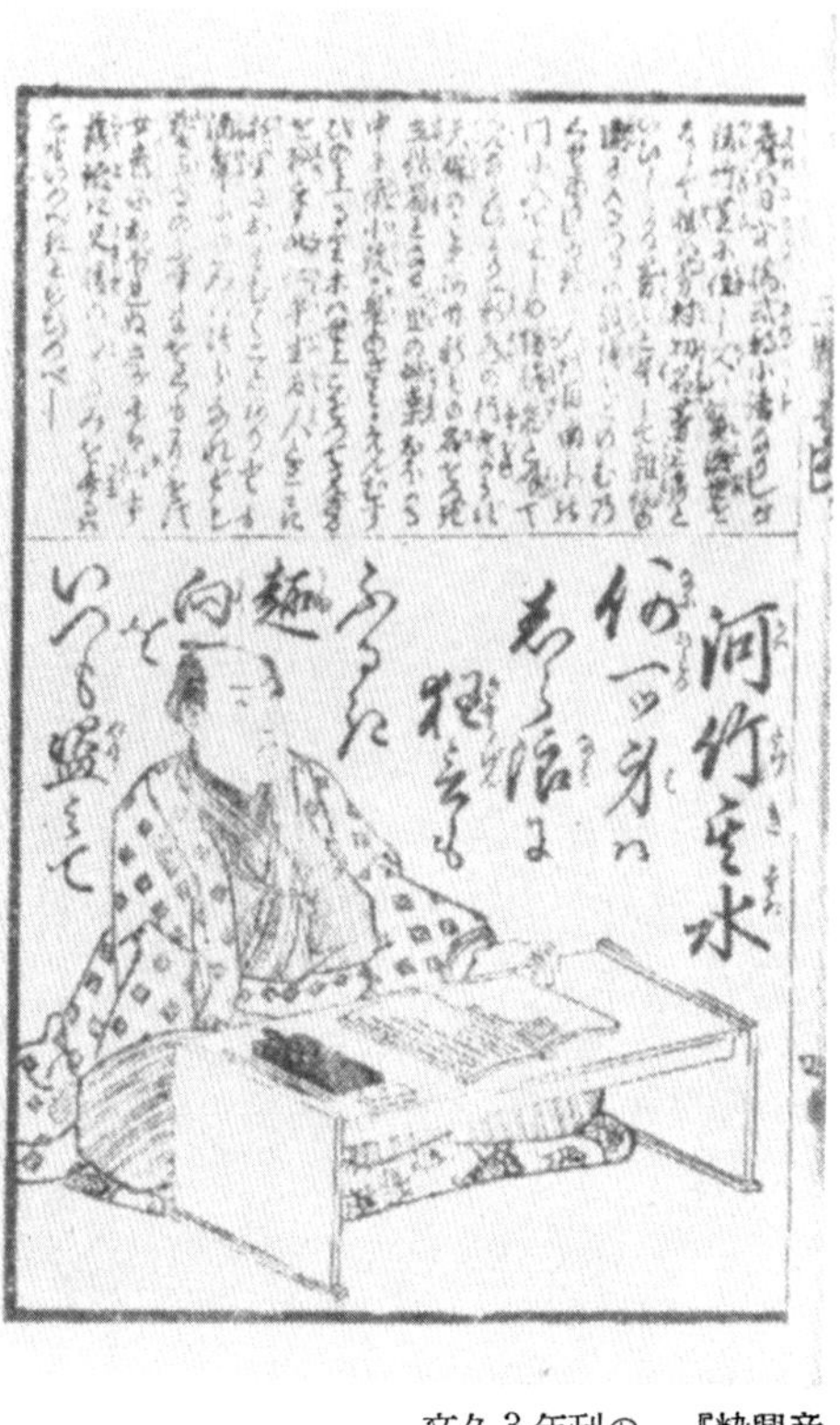

文久3年刊の　『粋興奇
（似顔絵は一恵斎芳幾，上部の小伝は仮名

交であり、四代目の桜田治助になった木村園治もいた。慶応元年の正月からは、中村座へも出勤した。この座は瀬川如皐《じょこう》が立作者であった。

引幕を贈らる

なお黙阿弥の名誉として、この期間に引幕を贈られたことも忘れられない。髪《かみ》結《ゆい》藤次を書いた「和国橋《わこくばし》」（三題噺高座新作《さんだいばなしこうざのしんさく》）が上演された文久三年、その題材を自作の三題噺《ばなし》からとった因縁から、三題噺の連中から引幕を贈られた。作者に引幕が贈られた例は、二代目瀬川如皐のときにあったというが、明治に入り、生涯を通じて四－五張《はり》も贈られた狂言作者は、あとにもさきにも黙阿弥以外にはなかったであろう。

個人生活の変化

黙阿弥が小団次とともに劇壇に重んじられると同時に、その家庭もにぎやかになってきた。四十歳ごろまではとかくやせぎすであったのが、それ以後は肥りはじめ、体質も変り、頑健になった。緋《ひ》縮緬《じりめん》のじゅばんが似合った粋《いき》な好みも、や

がて渋い好みへと変っていった。安政元年の八月ごろ、一時足が痛くて駕籠《かご》で通ったことがあったぐらいで、特別に病気らしい病気もしなかった。

慶応元年には住居が全部焼失した。それは雷門の焼けた十二月十二日の大火事に類焼したのであるが、注意深い性質だったので、前夜のうちに危いと見てとり、隣り近所の笑うのもかまわずに立ちのいたので、家財道具は一切無事であったという。第二の新居は、前の地震で土蔵にこりて穴蔵《あなぐら》にしてあったのを、やはりもとにもどして土蔵を建てた。新居には二人の子供も生れ、四人の子持となった。門弟も多勢できて、家庭はいつもにぎやかで、人の出入りも絶え間がなかった。

門弟は、立作者になって以来、慶応元年までに、入門を許したのが、合計三十三人もいた。自分の持座である市村座は、すべて自分の配下であり、守田座へ出勤させたものもあった。安政二年三月に、二人の門弟に竹柴の姓を与えてから、安政四年には門弟のすべての名を竹柴と定めたので、番付面でも統一された。こ

門弟には竹柴姓をつける

の姓は、黙阿弥が竹芝の浦で育った縁と、河竹の竹をとってつけられたもので、黙阿弥の死後もその習慣にしたがい、今日も竹柴姓を名のる狂言作者がつづいている。

第七　明治初年

一　時代も劇界も大転換

明治維新

時代は大きな転換をとげた。明治維新の大業がなり、年号も慶応が明治となり、江戸は東京となった。この社会の変革は、必然的に芝居の変革をも要請した。黙阿弥の作品は、小団次の死によって、自然にその作風にも一期を画することになっている。前にも述べたが、新しい若手役者が出現してきて、新旧時代の分水嶺をなしたのが、小団次の死であった。

三人の新座頭

明治二年になると、三人の若手役者が座頭《ざがしら》となって、いよいよ新しい時代がはじまった。河原崎権十郎は権之助をついで市村座の、沢村訥升《とっしょう》は守田座の、家橘《かきつ》

改め五代目尾上菊五郎は中村座の、それぞれ座頭となって、陣頭に立った。前の二人は三十二歳、菊五郎は二十七歳であった。これに対して黙阿弥は五十四歳、年齢からいっても、立場からいっても、団・菊・左、もしくは明治の劇壇に対して、どんな関係にあり、またあるべきかは想像される。

黙阿弥は、その時の役者と時代とにしたがって作品を書いたのであるから、このようにしてすべてが変ると、その作品も変っていった。しかし、明治の前後十年間ほどは役者がまだ若く、その芸風も定まらず、また時代そのものが大変革期・大過渡期であったので、黙阿弥個人としても、その作品も、過渡期にあったといえよう。ここでは明治の初年から、同八年に守田座が新富町に移って、新富座と改称するまでの、黙阿弥および当時の変革期について述べようと思う。

二　初代左団次と黙阿弥

初代市川左団次

市川左団次は、小団次の弟子ながら、大阪の生れで、その芸の修業もずっと京阪であった。小団次の養子となって、元治元年に江戸へ下り、中村座・守田座と出勤していたが、若冠《じゃっかん》二十五歳のとき養父に死なれたので、当然労苦の時代がはじまった。

名題《なだい》役者になってはいたが、江戸へ下って日も浅く、また若かったので芸も未熟であった。そのため劇場側から冷遇され、休座している間にも、ほとんど誰も尋ねてこなかったほどであり、かつ養母も真剣に離縁話を持ち出したほどであった。しかし左団次はその固い決心によって、まず養母の離縁話をおもいとどまらせた。

そこへ救いの手をさしのべたのが、黙阿弥であった。黙阿弥にとっては、そもそものデビュー当時から、「忍ぶの惣太」以来からの恩義ある小団次の家である。そこで養母を熱心に説得して、ともかく自分の子としてあずかり、舞台に立たせ

ることにした。

こうして慶応三年の春から、左団次は市村座に出勤することになり、役の配分から技芸上の注意まで、黙阿弥が面倒をみるようになった。が、明治元年の八月に一つの問題がおきた。それはこの時の興行が、家橘《かきつ》が五代目菊五郎を襲名し、「梅照葉錦伊達織《うめもみじにしきのだており》」に仁木と小助とをつとめた。その二番目に五代目大谷友右衛門の演《だ》しものとして「葛の葉」が出た。黙阿弥はその役割で、葛の葉は友右衛門、保名《やすな》は権十郎、与勘平は左団次と割りあてたのであった。しかし、この時には左団次はまだまだ芸が未熟であるという理由から、座方や俳優がおさまらずついに菊五郎にまわされることになった。つまり、立作者《たてさくしゃ》としての黙阿弥の意見が通らなかったのである。左団次がいれられず、ひいては黙阿弥の意見がいれられない立場になったので、黙阿弥ははっきりと引退する決心をした。

しかし思慮深い黙阿弥は、不満の色を顔にも出さず、準備一切を整えて、いざ

左団次と共に引退

初日という前になって、左団次とともに出勤を拒否した。京阪へ行くつもりであったとも伝えられている。もちろん、座にとっては、黙阿弥に去られては困るので、しきりに引きとめにかかったが、黙阿弥の決心は固かった。金銭の誘惑にものらなかった。その興行には出なかったし、その後もしばらくは新作もしなかった。翌年の作者連名《れんみょう》には高弟の勝諺蔵《げんぞう》を立作者の位置にすえ、自分は肩にスケとして客座に退いている。

市村座を引退した黙阿弥は、迎える人あって守田座へ左団次とともに出勤することになった。左団次は翌年春の新作「遠山鹿子《とおやまがのこ》」に、敵役《かたきやく》の篠塚軍藤太をまずつとめた。この役は必ずしも成功したものではなかったが、彼としては今までと少し違った役柄であった。これは彼の柄をみて、これまでの女方や和事《わごと》をやめ、立役《たちやく》・色敵《いろがたき》の方が適当と考えた黙阿弥の配慮によったものであった。

つづいて三月興行には「敷島怪談」に大役の源四郎をつとめ、田之助や仲蔵に

いじめられたが、それがかえって左団次には薬になったのである。

こうして左団次は次第に芸もあがり、大役もつくようになって、明治三年の三月に「丸橋忠弥」（慶安太平記、樟紀流花見幕張《くすのきりゅうはなみのまくばり》）が書かれた。黙阿弥も、左団次をひきうけてから三年あまりになったので、大きな試験をする気持で、やまの場に左団次の一人舞台をおいたのである。しかし一座は、訥升《とつしょう》・芝翫《しかん》・紫若《しじゃく》・仲蔵という先輩ばかりだったので、そのことがわかると、役者の方からまたもや苦情が出た。けれども黙阿弥は、今度は是非やらせてみたいのだから、好意をもってつきあってほしいと説いておさめ、また左団次には、今度不評だったら江戸にいられなくなるから、十分努力するようにと注意した。左団次は背水《はいすい》の陣で初日をあけたが、幸いに評判はよかった。

「丸橋忠弥」

由井正雪は徳川家を倒そうとして、鎌倉に道場を開き、同志をあつめて謀議をこらしている。同志の一人丸橋忠弥は、酔態《すいたい》にまぎらして江戸城の堀の深

さを測り、松平伊豆守にみとがめられる。忠弥は自宅で日夜酔いしれていたが、舅《しゅうと》の弓師藤九郎が貸金の催促にきて妻の離縁をせまるので、一味の陰謀をうっかりもらしてしまう。おどろいた藤四郎が訴人《そにん》したので、忠弥は大乱闘ののち召し捕られ、駿府にいた正雪も切腹して果てる。

「丸橋忠弥」（慶安太平記樟紀流花見幕張）
二代目市川左団次の捕われにおける大立廻り
（昭和15年，歌舞伎座）

初日から五日間、ほとんどつきっきりで左団次の演技にダメをだしたという黙阿弥の熱心な指導は、左団次の努力と相まってその効果をあらわし

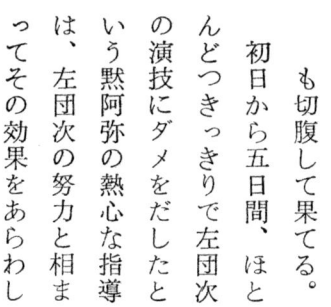

た。左団次の忠弥が一番の出来ばえで、他座は不入りになったほどであった。今日でも、左団次といえば忠弥、忠弥といえば左団次といわれるほどに売り込んだのである。江戸城外の堀端で水深《すいしん》を測る場と、激しい写実的な忠弥召し捕りの場の大立回《おおだちまわ》りとが大評判となり、他の役者はそのかげにかすんでしまった。本当の出世芸となり、翌年からは権之助の座頭《ざがしら》に対して「書出《かきだ》し」(番付の最初の位置)にすすんだ。

写実的な大立回り

左団次をひきうけて四年目に、書出しの位置にすすめ、名実ともに立派な役者にしあげた黙阿弥は、左団次を養母に返した。左団次もむろん熱心であったが、やはり黙阿弥の力がなければ、これだけ早くは出世できなかったであろう。もちろん左団次にもそれだけの資格はあった。柄がよくて押しだしが立派で、調子がよかった。が、忠弥の後にも、黙阿弥は絶えず彼のために儲《もう》け役を心配してやった。黙阿弥は小団次の情誼《じょうぎ》に報いることができたのである。左団次はのちに、自

分が今日あるのは、第一に養母の恩、第二は黙阿弥の恩、第三は守田勘弥の恩によると語っている。

三　才人十二代目守田勘弥

十二代目守田勘弥

左団次が恩をうけたという守田勘弥は、興行師として明治劇壇には忘れることのできない人だが、黙阿弥とも、深い関係がある。

この十二代目守田勘弥は、もと市村座の帳元《ちょうもと》(経理主任)として敏腕をふるった中村翫《かん》左衛門《ざえもん》の次男で、幼名は寿作。翫左衛門は才人で、芝居には役者も必要だが、作者も大切だと信じていたので、かつて黙阿弥を市村座へ迎えたのもこの人であり、黙阿弥にとっては、そもそもから縁の深い人であった。守田座の再興(安政二年)は確定したが適当な人がえられないので翫左衛門に経営を依頼したときに、養子として自分の子をもらってくれるならという条件で承知したのだという。

しかし、実父である翫左衛門は文久三年の六月に死に、養父も同年の十一月になくなったので、当時わずかに十八歳であった勘弥が、ひとりで座元の事務をみなくてはならなくなった。この勘弥は実父の信念をひきついでいたので、機会さえあれば黙阿弥を協力者にするように努めた。そこで小団次がきたときに、すかさず黙阿弥をスケに迎え、縁を結ぶようになった。そして田之助のために「傾城《けいせい》重《しげ》の井《い》」を書いた明治元年の二月からは、番付面にもスケがとれ、別枠《べつわく》に門弟とともに作者連名を出すまでになった。当時守田座を支配していた作者は、好々爺《こうこうや》の先輩狂言堂左交と後輩の四世桜田治助とであったから、これに反対できるわけはなかった。

したがって、左団次が問題となったときにも、こころよく二人の身柄をひきうけたのも当然であった。こうして明治以降は、ほとんど守田座(のちの新富座)に黙阿弥の主力がそそがれるようになるのであるが、これは黙阿弥の技倆と勘弥の才が意気

投合して、たがいに信じあったからであろう。黙阿弥が小団次時代についで、新富座時代という全盛期を迎えたのも、もちろん役者が揃っていたからでもあるが、その大きな力として、勘弥のあったことを忘れることはできない。

都心に進出して改革

勘弥は、時代の移り変りと劇場との関係を、もっとも早く確実に予想した先覚者であった。新時代を迎えては、今までのように、劇場が東京郊外の隅にかたまっているのは、あらゆる点で損である。まず都心に転座したものこそ、真に劇界の王者となるであろうと、すでに明治二年のころには固い決意を秘めていた。そして市中に適当な場所はないかと、供もつれずに、ひそかに物色して歩いた。するとそのうちに、明治三年秋の台風にあった新島原が、今後市中に遊廓が許されないために、ただの野原となっていたのを探しあて、直接自分で交渉にあたり、関係方面の諒解と官の許可をえてすぐに建築にとりかかった。そして猿若町の興行は明治五年五月で打ちきり、同年十月十三日には、新富町の守田座として開場

を行なった。このときの狂言は、一番目が「太閤記」、二番目が黙阿弥の「散切《ざんぎり》お富」であった。

猿若町《さるわかまち》の守田座は間口十四間、奥行十八間であったが、今度は従来のよりもそれぞれ四間ほどずつ広くなり、屋根はブリキ、表と裏は瓦葺き、櫓《やぐら》には銅を巻いて、火災に対する注意がゆきとどいていた。

勘弥はこれを機会に、劇場内を見張っている役目の「留場《とめば》」と、役者の送り迎えをする「送り」とか、客引きの「合羽《かっぱ》」を廃止した。また正面に椅子席を設けて、新時代の洋服の客を集めることをも考え、さらに長年にわたって守田座を後援していた団体とも別れようとした。

江戸時代の劇場は、三座それぞれが「積《つ》み場《ば》」という後援団体と、不可分の関係にあった。問屋町や市場の連合した観客団体で、守田座には木挽町《こびきちょう》の川並《かわなみ》・金《こん》春《ぱる》のほか魚河岸・四日市・小網町・新場《しんば》などが力を入れていたのであるが、勘弥

は彼らの恩義よりも、興行に対する干渉をきらって、移転の際には相談もかけなかった。

これらの改革に対して、反対の声が起ったのは当然である。なかでも魚河岸の反対は猛烈なもので、初興行に出た権之助を、退座せしめたほどであった。しかし勘弥はこれに対抗して彦三郎と菊五郎をいれて頑張った。現在でもかなり封建的だといわれる芝居の社会で、しかも明治の初年にこれだけの改革をした勘弥は、かなり革新的な人であった。その情熱をもって、演劇の明治維新を実行に移したのである。幾多の困難を冒し、ときには生命の危険も覚悟の上で、破壊し、拒否し、建設したのであった。要するに勘弥の手によって、明治の演劇は大転回をとげたのであった。

作者になって古河新水

この勘弥も、のちに作者となって黙阿弥の門に入り、古河新水と号したくらい、黙阿弥の後半生とは密接な関係があった。そして同時に、作者としての黙阿弥が

変っていくのも、勘弥の革命によってその転機があたえられたのであるといえよう。

四　新時代狂言と団十郎

黙阿弥が明治以前に書いた作品のうち、その八割までは世話物であったが、明治以降になって時代物、あるいは時代物に準ずる御家《おいえ》（騒動）物《もの》が多く書かれるようになり、数からいって半数以上になった。そうなった原因は、一つには役者との関係があり、また一つには時代との関係もあった。

明治以後は団・菊・左が対象

黙阿弥は職業脚本家であったから、小団次・家橘《かきつ》・田之助を中心にした時代は、彼らに適当した世話物が多く、明治になると九代目団十郎と五代目菊五郎とがその中心となったので時代物と世話物とが同数くらいになったのである。いいかえれば、黙阿弥は団十郎によって時代物を、菊五郎によって世話物を書いたのであ

った。その芸風と要求にしたがって時代物に新工夫をこらし、ついに新しい時代物たる活歴《かつれき》にまで至ったのである。雑学こそ豊富であった黙阿弥とても、当時の狂言作者の例外ではなく、正式の系統的な歴史知識は持っていなかったので、時には当時の歴史劇としてはとんでもない間違いをしたけれども、これは学者からの話で、芝居としては成功した作品といえるものがかなりあった。

九代目団十郎

さて権十郎は、養父の権之助が夜盗のために惨殺されたので、翌明治二年の三月に七代目の権之助をついだが、のち三升となり、九代目団十郎と改名するのであるが、このように名前が変化してやがて固定したと同様に、養父の死後も絶えず進歩し、その特色を発揮しながら、明治七年に団十郎となるまでに固定したかのように思われる。黙阿弥は彼にとっても、この間のほとんど唯一の作品提供者であり、協力者であった。

佐渡の日蓮

「日蓮記《にちれんき》」（花楓高祖御伝記《はなもみじこうそごでんき》）は、明治二年の十月に新作されたが、この作で日蓮に扮《ふん》したのが、そもそも九代目式の芸風を暗示した最初であった。これは日蓮が伊豆をのがれて相州にかくれているうち、北条の手に捕われて龍《たつ》ノ口《くち》の難にあい、佐渡に流され、佐渡塚原の庵室《あんじつ》にこもってから四年目に、弟子の日朗《にちろう》が赦免状をもってきたので、これまで世話になった阿仏坊と千日女に別れを告げて京都へ帰るまでの事を脚色したものである。作品も芸も評判はよかったが、興行成績はわるかった。舞台が一般に淋しく、龍ノ口で刀が折れるといった奇蹟もとり入れなかったので、祖師の講中見物から反感を買ったのだという。しかし中心の塚原庵室の場は、作品も芸ものちの活歴を示唆《じさ》したものであった。雪山《ゆきやま》にとりまかれ、わずかに北国の海を望む庵室にいる日蓮は、ほとんど何の動作もせず、渋い演出で写実的であった。百姓夫婦の世話をうけている人間日蓮であった。

彦三郎が「団十郎《なりたや》は動かねえから困る」とこぼしたのは、その芸風をもっとも

腹芸

適切にいいあらわしたことばであるが、彼は身体の動きよりも、むしろ重厚な科《しぐさ》とせりふとで、役の精神や雰囲気を作りあげようとしたのである。いわゆる「腹《はら》芸《げい》」であった。実父の海老蔵《えびぞう》などにもその傾向は認められたが、彼にいたってはそれがとくに明らかになってきたようである。「日蓮記」にはじまる歴史劇（時代物）の多くは、だいたいその趣味・芸風にしたがっている。

その後のおもな時代物をあげると、明治四年一月には「後風土記《ごふうどき》」（後風土記魁《ごふうどきせんてのじ》舛形《ようせき》）が上演され、団十郎は小宮山内膳《こみやまないぜん》に扮した。同年八月には「真田幸村《さなだゆきむら》」（出《いで》来穐月花雪聚《そよずきはなのゆきむら》）が上演され、このときには木無《きな》し（幕切れに拍子木をチョンと打たない）の幕をみせた。その十月には「忠臣蔵十二時《ちゅうしんぐらじゅうにとき》」（四十七刻忠箭計《しじゅうしちこくちゅうやどけい》）が、翌年一月には「義経記《ぎけいき》」（猿若三鳥名歌閧《さるわかさんちょうめいかのかちどき》）が書かれた。明治六年三月に書かれた「酒井《さかい》の太鼓《たいこ》」（太鼓音智勇三略《たいこのおとちゆうのさんりやく》）も成功した作品であった。

「酒井の太鼓」

甲州の武田信玄と戦って遠州浜松に陣を構えた徳川家康が、すでに敗軍とき

まったとき、わざと城門はあけ、かがり火を焚き、なかでも思慮深い酒井左衛門が味方に勇気をつけるため、生酔《なまよい》の態で時の太鼓を勇ましく打つ。その音をきいた武田方の馬場美濃守は、必ずや敵に計略があろうと恐れて退陣する。これに徳川の旗本鳥井家と鳴瀬家の和解が加えられている。

九代目団十郎の「酒井の太鼓」（太鼓音智勇三略）（豊原国周筆錦絵）（明治6年3月，村山座）

もちろん、中心は「浜松場内太鼓櫓の場」であり、酒井左衛門の団十郎が好評

だったが、菊五郎個人との仲直りも人気を集めた。

その五月には「難波《なんば》戦記《せんき》」（梅浪花真田軍配《うめのなにわさなだのぐんばい》）が、十月には「竹中問答」（艶山《いろますやま》錦木下《にしきのこのした》）が、それぞれ上演されている。

以上の作品のうち、「竹中問答」は、のちの「中山問答」のように「生きた講釈」とまで非難された極端なものであった。また市川家の歌舞伎十八番に似せた「新歌舞伎十八番」を演じているが、そのはじめは明治二年八月の「桃山譚《ももやまものがたり》」（「地震加藤」ともいう。のち明治六年九月に「増補桃山譚」となった）であろう。勇武絶倫の鬼将軍加藤清正が、男泣きに泣くという新しいシチュエーションで評判をとったが、その他には「真田幸村」の中の「九度山閑居《かんきょ》」、「義《ぎ》経記《けいき》」の中の「腰越状《こしごえじょう》」、「酒井の太鼓」なども数えられている。

新歌舞伎十八番

さて明治七年の七月に、団十郎は芝の新堀に河原崎座を新築し、開場に際して九代目を襲名した。この襲名については、彼が七代目団十郎の五男から六代目河

原崎権之助の養子となったことから、さまざまな事情をへてこうなったので、もし苦情がでたら外部は魚河岸の尾寅《おとら》が、芝居内部は黙阿弥が引き受けるということで実行されたのである。してみると彼の襲名にも重大な関係があったのである。その翌年には、夜嵐お絹事件で劇界を離れていた嵐璃鶴《あらしりかく》が、再出発するについて、黙阿弥が相談を受けたので口入れをし、改めて団十郎の弟子となり、屋号も川崎屋、市川権十郎という名前を許したのも、こういう因縁もあったからであろう。

河原崎座開場に際しての興行も、黙阿弥の新作で『太平記』から脚色した「新《しん》舞台《ぶたい》巌《いわおの》楠《くすのき》」であった。この作品は、楠正成が千早城をすてて金剛山にこもり、足利の勢いが盛んになるのをみて決心し、桜井の駅で正行に別れて湊川《みなとがわ》に向かうまでで、この間にエピソードとして児島高徳《こじまたかのり》が院の庄の行在所《あんざいしょ》へ行き、桜の木を削って詩を書く件、隠岐《おき》の島から帝《みかど》を船に移す件などを加えたもの。この作品によって団十郎は、自分の特色を鮮明にし、自然を尊び写実を重んじて、渋すぎる

団十郎の児島高徳

演技となり、観客をおどろかせた。しかし時期尚早で世間の評判は悪かった。すなわち二幕目の院の庄の雨の闇に、団十郎の児島高徳が、無雑作に上手から出てきて、桜の木を削って詩を書く。そこへ塗下駄をかたりかたりと音させて訥升《とっしょう》の六条忠顕が、檜笠《ひがさ》をもって出る。高徳は書き終ってゆうゆうと向うへ入る。忠顕は詩を読み、ハテ頼もしきという思い入れでうなずいて見送る。今までの時代物ならば、両方が見合うのだが、そうした場面・演出はなく、まことにあっさりとしたものであった。前にも述べた「真田幸村」のときの木無しの幕は、単に拍子木を打たないだけで、実は従来も歌舞伎にあった「気味合《きみあい》」の幕切れであったのだが、この場合は、はじめから無雑作で、ふりむきもせずに入ってしまうという、最初から最後まで新らしい演出であった。

こうした破格なやり方をして、団十郎はひとり悦《えつ》にいっていたが、世間の不評を耳にして「まだ早いかな」といったという。しかしそれでも彼はこれを押し通

して、次第に観客に理解させ、次の新富座時代には世間に認めさせたところに、団十郎のえらさがあった。黙阿弥は、団十郎にむしろひっぱられながら、その新らしい方向を開拓していったといえよう。

五　髪結新三

明治二年七月上演の「天人お七」（吉様参由縁音信《きちさままいるゆかりのおとずれ》）は、乾坤坊良斎《けんこんぼうりょうさい》の講談によった作品である。

菊五郎の「天人お七」

本郷の八百屋久四郎の娘天人お七が、百両の金のため、釜屋武兵衛のところへ嫁《とつ》がねばならなくなり、駒込円城寺にかくれている小堀家の若殿左門之助に操《みさお》をたてて自害しようとする。これを助けたのが、おりからこの家へ盗みに入った湯灌場小僧《ゆかんばこぞう》の吉三《きちさ》で、お七の兄であることがわかる。義賊の吉三は百両の金を釜屋方から盗んであたえたが、極印金《こくいんきん》のため面倒がおこる。お七

は左門之助に逢いたさに、木戸を開けようと櫓《やぐら》の太鼓を打って捕われるが、この罪も吉三の罪も、小堀家の仁田忠常の情によって無事におさまる。これに小堀家のお家騒動がからんで、殿の妾で吉三の情婦である湯島のおかんが、のちに吉三とともに死ぬ。

右の梗概でもわかるように、八百屋お七の実説と、実録の「小堀政談」とが骨子をなしている。菊五郎は吉三に扮《ふん》し、お七は六世三津五郎が演じたが、左門之助を座敷牢から逃がしたお杉（菊五郎）が、責め殺されるところが評判であった。

翌明治三年五月に書かれた「魚屋《ととや》の茶碗《ちゃわん》」（時鳥水響音《ほととぎすみずにひびくね》・三題噺魚屋茶碗《さんだいばなしととやのちゃわん》）は、文久三年正月に、友人の三題噺《ばなし》の連中が実見した身投げの話から、ヒントを得て作った自作の三題噺を脚色したものである。

「まむしの次郎吉」

遊び人まむしの次郎吉が、道具屋の手代に化けて魚屋の茶碗をこわし、その申しわけにと両国橋から狂言の身投げをする。助けてくれた花垣七三郎から

五十円をだましとったり、それをうわばみの久太が邪魔をすることなどがある。しかし、身投げしたとき、花垣の妹おつるに見染められ、ついに花垣の好意で夫婦になる。

両国の西川岸での次郎吉(菊五郎)と久太(仲蔵)とのかけあいは好評で、江戸の遊び人根性をあますところなく描いた作品で、江戸ッ子を喜ばせた。

しかし、菊五郎のために書いた作品のうちで、当時最も評判のよかったのが、明治六年六月の「髪結新三《かみゆいしんざ》」(梅雨小袖昔八丈《つゆこそでむかしはちじょう》)であった。

「髪結新三」

白子屋の後家お常は、家運をたて直すため、車力《しゃりき》の善八の仲介で娘のお熊に五百両の持参金つきの聟を迎えようとし、結納《ゆいのう》をとり交す。しかし手代の忠七と深い仲になっていたお熊は、忠七に一緒に逃げてくれと頼む。幼時からの恩を思って困っているところを、立ちぎきした髪結新三実は上総無宿《むしゅく》の遊び人入墨新三《いれずみしんざ》は、親切ごかしに連れ出し、途中でお熊を奪う。忠七は博徒の

親分弥太五郎源七に助けられる。善八に頼まれてお熊をとりもどしにきた源七は、新三にさんざん恥をかかされる。が結局三十両の金でお熊は家へ帰る。持参金の五百両を使ってしまった母のお常に得心《とくしん》をせまられるので、自害しようとしたお熊は、あやまって聟の又四郎を殺してしまう。下女のお菊がその罪をひきうける。一方源七は新三をうらみ、ついに深川閻魔堂橋でこれを殺害する。大岡越前守の寛大な裁きで、源七・お熊の罪は軽くすむ。

五世菊五郎の『髪結新三』（梅雨小袖昔八丈）永代橋の場　（明治6年，河原崎座）

麗々亭柳桜《れいれいていりゅうおう》が得意とした「白子屋政談」を脚色したものだが、中でも二幕目富吉町新三宅《とみよしちょうしんざ》の場は、黙

阿弥の作品中でも傑出した場となり、菊五郎の新三、仲蔵の家主《いえぬし》長兵衛の演技と相まって、世話物中屈指の名場面といわれた。なお大岡裁きの場を加えたのは、菊五郎が閻魔堂橋で殺されっぱなしでは気持が悪いといったので、彼のために特に大岡越前守の役を設けたのだという。

以上の作品は、いかにも前時代的な世話物であり、登場人物も相変らずのちょんまげ姿であった。それはそれなりに面白く、また佳作も生れたのであるが、時代に順応した黙阿弥は、一寸《ちょっと》毛色の変った作品を書いて見物の度胆《どぎも》を抜いた。それは守田座が新富町に移った翌六年の十一月に新作された「東京日新聞《とうきょうにちにちしんぶん》」である。これは材料をこの頃創刊された『東京日々新聞』の雑報からとったという意味もあり、この大胆な題名で客を呼ぼうとしたのである。主人公は鳥越甚内《とりこえじんない》という、廃藩置県の結果生れた浪人者で、当時の世相をえぐった哀れな階級の典型である。主役を彦三郎がつとめたが、一般に評判が立たず、ただ左団次の人力車夫

正直長次がよかったにすぎなかったという。これにはまた一つには、世話物に向かない彦三郎が、主役をいやいや勤めたという理由もあった。

「三人片輪」

翌七年七月には、同じような「三人片輪《さんにんかたわ》」(繰返開花婦美月《くりかえすかいかのふみづき》)が新作された。

ある町の銭湯《せんとう》で、六三郎がお園に預けておいた金時計と財布を、天ぷら銀次が喧嘩のどさくさに盗み、これを牛肉屋五郎七の名で屑屋に売る。それとは知らぬ散髪屋のつんぼの佐吉が、口のきけない五郎七に文句をいっていると、米屋の仙右衛門が不正な商売の罰で盲目になってきて、それでは彼に頼んで北海道へやった息子も、外国へでも売ったのだろうとなじる。五郎七が屯所《たむろしょ》へ引かれてから、銀次が自首して出たので罪が許され、安心した五郎七は口がきけるようになり、左吉の耳は雷鳴できこえるようになり、仙右衛門もむかし息子が助けた秋津のくれた真珠で目があき、三方めでたくおさまる。

この毛色の変った二つの作品は、前に述べた世話物とはまったくちがった社会

形式も方法も同じであったが、材料とした世界が変っていた。江戸ではなく明治の新時代であった。

以前にも、大切《おおぎり》浄瑠璃の中などには、写真機を舞台に出して、その滑稽をみせた「写真の九一」（魁写真鏡俳優画《さきがけてしゃしんのやくしゃえ》・常磐津、明治三年）があり、郵便制度のできた年には、それをただちにとり入れて、役者連中をさえおどろかせた話もある。が、この二つの作品によって、それらの新時代の産物がほとんど舞台にとり入れられてある。新聞・電信・裁判所・ステーション・人力車・牛肉屋・散髪屋などがあり、小道具にも金鎖《ぐさり》の時計・紙幣・ランプ・香水・ブリキに入れた石鹼などが使われた。英語を東京の舞台でしゃべらせたのは、黙阿弥が最初かもしれない。

こういう新世代の風俗事象を取り入れた歌舞伎を、散切物《ざんぎり》（または散切狂言）という。散切頭の人物によって代表されるからである。東京においては黙阿弥が明治六年に書いたのが最初であったが、京阪では一年早く、明治五年に京都の南座

ですでに上演されている。

また四民平等の思想なども、新しい風潮として舞台に用い、「武家も町人も、一体ではござらぬか」とか、「お頭《つむり》さえも西洋風に開化なされて」などと舞台でいわせて、見物人をよろこばせた。「三人片輪」で、小学校の子供に、修身書で習ったフレデリック大王の話を舞台で復習させたりしたのも、明治六－七年のことしたら、まったく新しい試みだといわなければなるまい。

フレデリック大王の話

こうして黙阿弥が新時代の風俗を持ちこんだ新形式の二作品も、新しい時代の観客にはあまり歓迎されなかった。古い形式の「髪結新三」や「魚屋《ととや》の茶碗《ちゃわん》」には、足もとにも及ばなかった。これは、ちょうど団十郎の新しい演出・演技が、時代に迎えられなかったのと、同じ現象であった。かんたんにいえば、二人とも時代より一歩先を歩きすぎたのである。時代物では役者が、世話物では作者が、それぞれ進みすぎていたのであろう。先見《せんけん》の明《めい》はあったが、すこし性急《せいきゅう》すぎた。

それは、三–四年をまたず、団十郎の演じた「重盛諫言《しげもりかんげん》」や、黙阿弥の書いた「孝子善吉《こうしぜんきち》」が迎えられたのをみても明らかであろう。

二人とも、冒険には一度失敗したということがいえるであろう。

六　浄瑠璃所作事

浄瑠璃所作事の作品

唄物《うたもの》・浄瑠璃も、前期をうけて、清元が最も多く、ついで常磐津・富本・長唄などが用いられた。この時代で最も知られた作品は、仲蔵の藪井竹庵が義太夫の女師匠を手に入れるため忘れ薬をつかっての滑稽浄瑠璃「忘れ薬」(三国三朝妙薬《さんごくさんちょうみょうやく》噺《ばなし》・岸沢《きしざわ》と竹本。明治二年)である。また、前にも述べたが、当時の流行をそのまま取り入れた軽いものに「写真の九一」や「熊遣い」(蔭踊熊月輪《かげぼしおどりくまのつきのわ》・岸沢、明治七年)などがある。

しかし何といっても、うた沢を劇場音楽として、はじめて舞台にとり入れたこ

とを忘れてはならない。明治三年の「慶安太平記」の五幕目、有馬温泉の場で、芝翫《しかん》の八右衛門と紫若《しじゃく》の湯女《ゆな》との色模様に「濡裕《ぬれゆかた》 松藤浪《まつにふじなみ》」をつかって評判がよかった。その後「梅暦《うめごよみ》」（梅暦辰巳園《うめごよみたつみのその》・明治三年）にも『辰巳園』というのをつかったが、明治五年の「散切お富《ざんぎりとみ》」（月宴升毬栗《つきのえんますのいがぐり》）につかったのが内容と一致して評判がよかった。

「散切お富」

但馬屋《たじまや》の若旦那清七が、用たしに出た途中玄冶店《げんやだな》で、女中に水をかけられたのが縁となり、お富に座敷へ招かれ、一杯呑みかけたところを、坊主与三《ぼうずよさ》に見とがめられる。これが実は二人の美人局《つつもたせ》で、与三郎は但馬屋へ行き百両の金をゆすりとる。清七は一たん里へ帰ることにして、船宿の主人観音久次のところへ、行くには行ったが、仇討を思い立ち、ついに小名木沢《おなきざわ》でお富を殺害し、与三郎を自殺させる。

このときの配役は、与三郎は権之助（団十郎）、お富は半四郎、清七は翫雀《かんじゃく》であ

った。この狂言の発端でお富と清七との色模様に用いたのが「黄色《いわぬいろ》露濡衣《つゆのぬれぎぬ》」である。

〽打水《うちみず》に残る暑さもどこへやら、軒《のき》のすだれに波うちて、暮れぬ先から月影を、宿す小庭のにわたずみ……いつしか空も吹晴れて、雲間を洩れる月の影、ぞっと素肌《すはだ》に風涼し」という文句のきれで、お富と清七がじっと顔を見合わせる。あだっぽいうた沢につれて、役者は美しい半四郎と、同じくやわらかいふっくりとした翫雀であったから、粋《いき》な情緒を舞台一杯にみなぎらせ、大成功であった。しかし、吾妻路《あづまじ》でも同じであるが、とくにうた沢というのは、元来端唄《はうた》から出たもので、軽くて調子が低いため、舞台上の音楽としては永続的な性質を持っていなかった。したがってうた沢の用いられたのも短かい間で、またつかわれても、隣家《おとなり》の唄が聞えるというふうなつかい方に終ったのである。

黙阿弥はこの時代は、守田座と市村座にその主力をそそいでいたが、菊五郎についで中村座へも出勤した。また明治六年に新築された沢村座にもいったし、河原崎座もずっと手中にあった。そしてそのどこででも、相当な仕事をしている。このように黙阿弥は、ひとりで東京の劇場をあずかっていたといってよいであろう。作品も、団十郎のために時代物を、菊五郎や仲蔵のためには世話物を書き、また菊五郎・左団次のためには散切物《ざんぎりもの》で新風俗を舞台にとり入れようと努力したのであった。

日本全体が新時代を迎えたばかりで混乱していたのだから、黙阿弥が、よかれあしかれ混乱し、ときには失敗作のあったのも、やむをえないことであった。しかし、それなりに新時代・新風俗を理解しようとつとめ、時代におくれないように努力していたことは、そのおかれていた立場もあるが、年齢その他を考えてみれば、まことに諒とすべき点が多いといわねばなるまい。

第八　円熟期

一　新富町の黄金時代

守田座が新富町に越した明治五年当時の座頭《ざがしら》は、団十郎（まだ権之助時代）であった。しかし彼は前にも述べたように、魚河岸《うおがし》の反対にあって一興行だけで退き、そのあとは彦三郎が座頭となった。そのうち守田座は明治八年に新富座と改称、翌九年からは団十郎も新富座に出勤し、彦三郎に一歩さがっていたが、同年十一月に焼失したので、彦三郎は上方《かみがた》に行き、改築後は団十郎中心となった。そして明治十年十二月の「黄門記」からは、団十郎・菊五郎・左団次・半四郎・宗十郎・仲蔵といったメンバーが揃い、この顔ぶれがつづく間、新富座は全盛時代をつ

づけるのである。

新富座時代

俗に「新富座時代」といわれた歌舞伎最後の華麗は、新富町に移転したときから、黙阿弥が引退する明治十四年ごろまでの約十年間である。劇界きっての策士守田勘弥が、その腕をふるってめぼしい役者を集め、当時芝居といえば新富座一軒のように思わせたほどであった。このような環境のなかで、黙阿弥はずっと新富座におり、役者はそのときの都合で移動があっても、つねにその最高の劇場の中で最高の地位を占め、立作者としての腕を十分に発揮した。つまり最良最高の環境で、自己の才能を存分にふるったのである。役者が揃い、それに応ずる作者があり、加えてこれを統一する座元の勘弥が、興行師としてばかりでなく、芝居全般・社会情勢に通じたきけ者であったから、歴史に残る黄金時代を出現せしめたのである。勘弥にとっても黙阿弥にとっても、最も恵まれた順風満帆《まんぱん》の黄金時代だったといってよい。

この十年間は、いろいろな意味で歌舞伎の最後の黄金時代であったといえる。歌舞伎におけるすべての演技・演出・作品が、完全に融合し集大成された時代であるといえよう。この時代を最後に、歌舞伎は次第に衰退の一途をたどるのである。しかしながら、その黄金時代のなかには、すでに新しいものが含まれていた。すなわちそれは「活歴《かつれき》」と呼ばれたジャンルである。同時に文士・学者が歌舞伎に侵入しはじめ、従来の完成された伝統的な演劇をも制度をも変化させ、過度時代にはいるのである。

過渡期にはいる

ここで当時の作者界をみてみよう。黙阿弥が河竹新七の襲名前後以来、いろいろ面倒をみてもらっていた三代目の桜田治助は、すでに文久二年に引退して狂言堂左交と改めて楽隠居となり、名前だけは黙阿弥の好意で番付面につらねていたが、実際には明治以後あまり活動をせず、やがて明治十年八月に七十六歳で没した。その弟子の四代目治助は、元来漢法医の出で、筆がかたくて作者には適せず、

桜田治助と瀬川如皐

のちには新聞記者になったほどで、有名な作品は一つも残さなかった。一方、黙阿弥がかつては競争意識を燃やした瀬川如皐《じょこう》は、「佐倉宗吾」(嘉永四年)や「切られ与三《よさ》」(嘉永六年)以後、慶応二年に「うわばみお由」を書いてからは、いい作品も生れず、明治になってからは時代にとり残されたようになり、やがて十四年の六月に七十五歳で没してしまう。

こういう時代であったから、当時狂言作者といえば、黙阿弥のことを連想するほどであった。中心は新富座であったが、三座または四座を兼ねていたこのころには大小の脚本・浄瑠璃をあわせると、平均一年に十種、あるいはそれ以上の作品をまったく精力的に発表していた。数からいっても相当な活躍であり、その取材の範囲も、白浪《しらなみ》物や世話物以外、時代・お家、そのほか各種の浄瑠璃所作事《しょさごと》にまで及んでいる。歌舞伎という名で呼ばれるあらゆる様式をここで唯一人をもって綜合的に発展させたようにみえるのである。同時に新時代に順応して試みた世

ひろい作域

話物である散切物《ざんぎりもの》も、次第に人気を博し、また新傾向に冒険した時代物も、円熟して活歴というジャンルを固定するまでになったのである。

二　女書生繁その他の散切物

明治以後の世話物は菊五郎を中心にして、これに左団次・仲蔵・松助などがその主要人物に扮《ふん》した。時代物の中心となった団十郎や宗十郎は、趣味や芸風がちがっていたので、世話物にはあまり関係がない。

黙阿弥はもともと世話物作者であり、時代物はどちらかといえば時代の要求や役者の芸風によって書いたように思われる。散切物も東京では黙阿弥によってはじめられ、また完成されたのであるが、作劇技法や演出様式は前代の世話物の範囲を出ず、またその生命もその場限りで、他の世話物にくらべて永久的ではなかったけれども、当時においては現代的演劇として観客を熱狂させたことは無視で

きない。前にも述べたように、はじめは観客をとまどいさせたほど尖端《せんたん》的であったが、この新富座時代になるころには、ようやく時代の風潮・趣味とも適合し、歓迎されて、新らしいジャンルを作りあげるに至った。この新富座時代に作られた世話物の中で、明治の新風俗をえがいたものに「女書生繁《おんなしょせいしげる》」(富士額男女繁山《ふじびたいつくばのしげやま》)がある。作者がある人から、近ごろ武州熊谷の近くに、男装した書生がいて、これが女に惚《ほ》れられたという新聞記事をきき、これによって書いたもので、明治十

「女書生繁」(富士額男女繁山)(昭和29年，新橋演舞場)
散髪姿で男装の女書生(尾上梅幸)と車夫(尾上松緑)

年四月に初演された。

上州伊香保在の妻木右膳は子供に運がなく、三人までも幼時に死なれたので、人に教えられるままに、次に生れた繁《しげる》という女の子を、幼時から男装させて育てあげ、散切《ざんぎり》の書生姿のまま東京に遊学させ、神保家の書生となっていると故郷の父が病気だという知らせがあったので、神保から二百円の金を盗んで故郷へ帰る。途中で悪車夫御家直《ごけなお》のため、乳房のふくらみから女と見破られ、強要されて一夜の契りを結ぶ。さらに御家直は、繁が父に金を渡したことを知り、父を殺してその金を奪う。繁は帰京後事実を告白して神保に許され、あらためて神保の権妻《ごんさい》(妾)として向島に囲われる。父の殺害されたことは知らなかったが、繁を男と思って見そめた戸倉屋の娘お由の身投げから、父を殺したのが御家直とわかり、繁は角田《すみだ》堤で御家直に酒を呑ませておいて敵討ちをする。

このときの配役は、菊五郎が女書生の繁を、また車夫の御家直を左団次が演じて好評であった。

「高橋お伝」

「花井お梅」

同じように明治時代の伝法肌《でんぼうはだ》の女を描いた「高橋お伝」（綴合於伝仮名書《とじあわせおでんのかなぶみ》・明治十二年五月）があり、これらはのちの「花井お梅」（月梅薫朧夜《つきとうめかおるおぼろよ》・明治二十一年四月）とも同じ系統の上に立つものである。

「孝子善吉」

これらとはまったく毛色の変った作品もある。たとえば明治十年の六月に上演された「孝子善吉」（勧善懲悪孝子誉《かんぜんちょうあくこうしのほまれ》）がそれである。

おちぶれて紙屑買になった孝子善吉が、貧に迫られて孫のために衣類を盗んだ父の罪をひきうけて入獄し、横浜海岸の道普請に出ている。とある日、善吉の子の卯之助が父をたずねてきて、いろいろと近況を物語る。これを同じ鎖《くさり》につながれていた悪党の虎蔵が、しょうことなしに聞いていて改心する。のち善吉の出獄後、もとの邸宅から先祖が埋めておいた小判が掘り出された

ので、家も再興できることになる。

この作品は、黙阿弥自身が横浜の懲(外)役場で実際に見聞した材料をもとにした作品であった。海岸通りの道普請に、大勢の囚人が働いていた。とそこへ七つばかりの女の子が走ってきて、人相の悪い男にすがりつき、「お父ちゃん、早く帰っておくれ」といって泣きだした。するとその男は、さもうるさいといわんばかりにその子をふりはらった——。この光景を目撃したことがヒントになって、この「孝子善吉」五幕十二場になったという。したがって作品の中でも、四幕目の「横浜海岸道普請の場」が中心で、また見物をもっとも感動させたところでもあった。善吉を菊五郎、虎蔵を左団次という配役で、同じ懲役人野毛の重右衛門に扮《ふん》した仲蔵とともに好評であった。囚人の改心をあつかった作品なので、のち浅草本願寺のある住職が、説教の材料につかったところ罪人に改心したものがあったというので、作者に礼状が送られたことがある。

「霜夜の鐘」

黙阿弥の三題噺《さんだいばなし》的趣向の才を発揮した「霜夜鐘十字辻筮《しもよのかねじゅうじのつじうら》」は、もともと読物として書かれただけに、演劇としてはそれほど評判はよくなかった。これは前年の明治十二年十一月から、雑誌『歌舞伎新報』に連載された読物で、翌年六月に上演された。

「おさよの怪談」

これにつづいて十一月に上演された「おさよの怪談」（木間星箱根鹿笛《このまのほしはこねのしかぶえ》）は好評で、のちの「島衛《しまちどり》」とともに、この時代の世話物中では出色のものとなった。

士族の岩淵九郎兵衛は、婚約者のいるおさよとかけおちしたが、貧にせまられてこれを女郎に売り、金をまきあげて逃走する。おさよに同情した楼主の十兵衛とその妻おせんが、慰めるために箱根へ湯治《とうじ》に連れて行く。ここでおさよは、偶然婚約者だった磯之進にあう。一方九郎兵衛は、山猫おきつというあばずれとなじみ、共謀して茶商の若旦那新三郎をたぶらかし、箱根三枚橋で金をまきあげる。ちょうどそこに駕籠《かご》をとめていたおさよは、不実をう

らむので九郎兵衛に惨殺される。のちに九郎兵衛は、おきつを連れて東京の弟与七の家に厄介になっていたが、熱病にかかり、おさよの亡霊に悩まされる。与七はそれは神経病だといってさとすが、ついに村正の刀をふるっておきつを斬り、自分をも斬る。

神経病の二番目狂言

従来の怪談狂言と違い、おさよの亡霊を九郎兵衛の神経病だとした点が新らしく、ここにも文明開化の新時代が描きだされていた。三遊亭円朝が、やはり同じように「怪談」ということばをきらい、「真景累ヶ淵《しんけいかさねがふち》」で「神経」を暗示したように、怪談を科学的に描写しようとした試みがうけて、「神経病の二番目」と呼ばれたという。

このような新世話物は、後述する「島鵆《しまちどり》」とともに、黙阿弥によって大成されたといえよう。これらの作品は、すべて当時の社会をうつし、流行の尖端を行くのが目的であったから、新文明の特色がすべて丹念に採集されている。その意味

では現代劇であり、また新派劇の先駆をなすものであったけれども、せりふはすべて七五調であり、またチョボも用いてあって、しょせんは古い革袋に入れた新しい酒であった。しかしそれはそれとしても、古い形式は用いながらも、少なくともその当時において、在来の歌舞伎の常識からはずれた新時代のものを、調和させてとりこんだことは、黙阿弥の才能の豊かさ、作家的年齢の若さをみることができよう。事実黙阿弥は、狂言作者は時代におくれてはならないと、晩年までいっていた。

三　新世話狂言、河内山

以上は明治の新時代を舞台とした作品であるが、このほかにも、古い江戸の世界をあつかった作品もある。なかでも明治十一年十月に上演された「延命院《えんめいいん》」(日月星享和政談《じつげつせいきょうわせいだん》)は、すぐれた作品である。

旅役者宮川牛之助が、江戸へ下る途中大阪梅田の小橋で六兵衛を助け、その縁で娘のおころと夫婦になる。ふたたび江戸へ下ろうと渡し船に乗ったとき、暁星右衛門《あかつきほしえもん》の捕物《とりもの》さわぎがはじまり、おころ父子が水死したのを見て発心《ほっしん》し、頭をまるめて日当《にっとう》となり、やがて谷中《やなか》延命院の住職となる。しかし美僧のため風儀をみだし、ついに脇坂侯と笠川幸十郎との協力でつかまり、死刑となる。一方暁星右衛門は、諸所を強盗してまわった末、揚屋《あげや》町の女郎屋の亭主に化けていたが、たびたびゆすりにきていた馬吉・九郎蔵とともに捕われる。これは講談によった作品であるが、役者は団十郎（暁星右衛門）・菊五郎（日当）・仲蔵（柳全）・半四郎（おころ）・宗十郎（脇坂侯）という豪華な顔ぶれで、なかでも仲蔵の柳全、菊五郎の日当が好評で、興行的にも成功した。

しかし、何といっても、明治十四年三月に上演された「河内山《こうちやま》」（天衣紛上野初花《くもにまごううえののはつはな》）は、黙阿弥晩年の世話物中での代表作であり、また新富座の全盛時代を物語

る作品でもある。

「河内山と直侍」

剣容金子市之丞が、暗闇《くらやみ》の丑松《うしまつ》と喧嘩しているのを、お数寄屋坊主《すきやぼうず》の河内山宗俊《そうしゅん》が仲に入って両方をおさめる。のち河内山は質屋の上州屋から百両の金をうけとって、そこの娘の藤（浪路）を松江侯の邸からとりもどすことを約束する。大口屋抱えの三千歳《みちとせ》には、片岡直次郎（直侍《なおさむらい》）という情人がある。三千歳が直侍にみついだ百両の金を直侍が河内山か

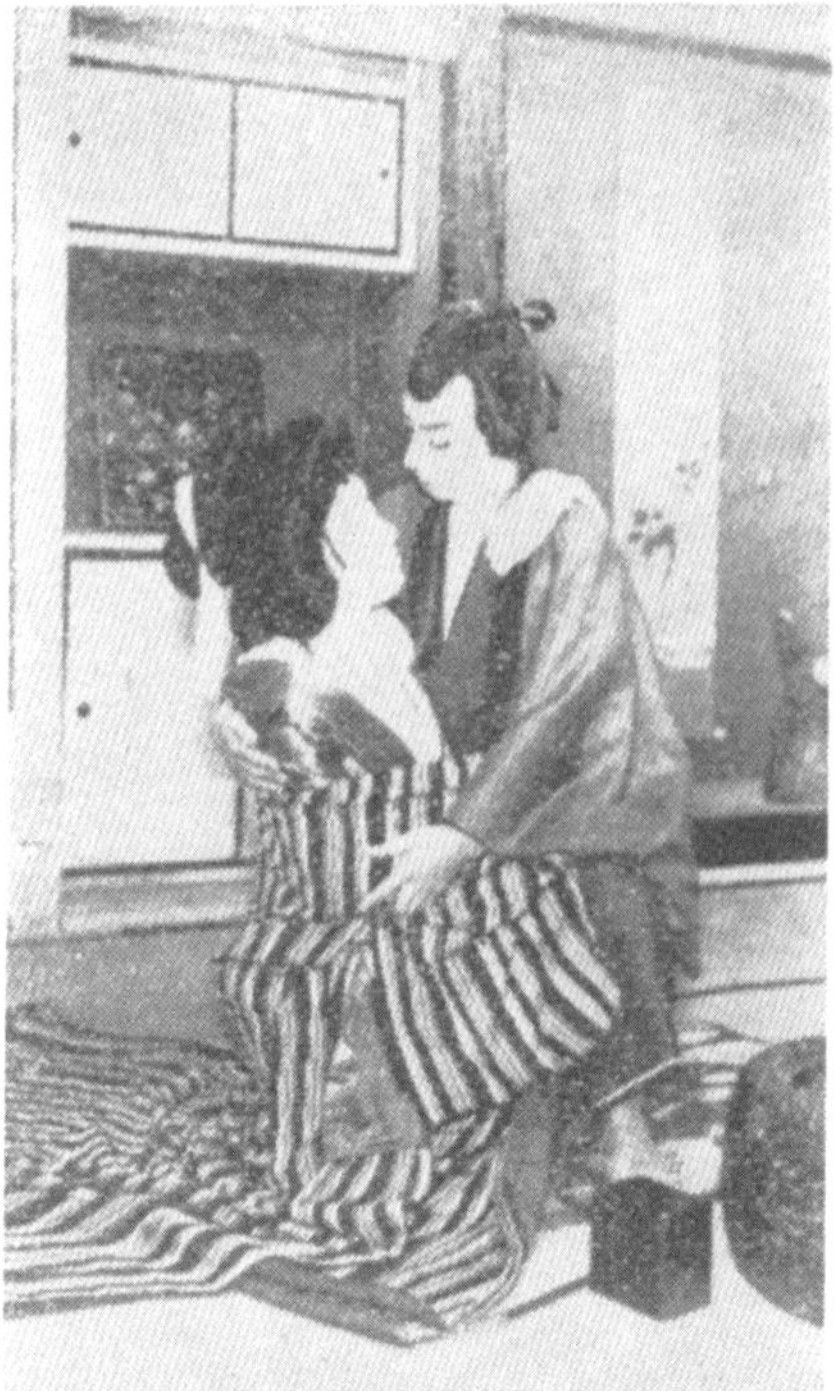

「河内山」（天衣紛上野初花）（昭和８年，歌舞伎座）直侍（十五代目市村羽左衛門）と三千歳（十二代目片岡仁左衛門）とが清元浄瑠璃に乗りながら別離を惜しむ

ら借りて返す。三千歳に金を貸し、これを種に身請けしようと思っていた市之丞は、直侍と思って斬りつけた駕籠《かご》の中で寝ている河内山をみて感心する。河内山は上野の僧に、直侍は供の桜井新之丞に化けて、二人で松江侯の邸にのりこみ、浪路をとりもどす。帰りの玄関先で北村大膳に見破られるが、高木小左衛門のはからいで助かる。直侍は危くなったので、高飛びをする途中、入谷《いりや》の寮で三千歳と逢い、名残を惜しんでいる。そこへ市之丞がきて彼をののしった末、三千歳の年季証文を叩きつけて行く。のちに三千歳は市之丞の実の妹であったとわかる。直侍は丑松の訴人《そにん》によって捕手の中を逃亡するが、ついに河内山も直侍も捕えられる。

「天保六花撰」

これはもと松林伯円の講談に「天保六花撰《てんぽうろっかせん》」というのがあり、明治七年十月に河原崎座で「雲上野三衣策前《くものうえのさんえのさくまえ》」として、団十郎（河内山）・三十郎（直次郎）・家橘《かきつ》（松江侯）などの配役で上演したこともあるが、さらに団・菊・左の三名優に、宗

十郎・家橘《かきつ》・小団次らの大顔合せにあたって面目を一新したものである。配役は、団十郎（河内山）・菊五郎（直次郎）・左団次（市之丞）・宗十郎（幸兵衛）・家橘（松江侯）・半四郎（三千歳）らであった。

右のうち、松江邸の玄関、入谷の蕎麦屋から清元浄瑠璃のある大口《おおくち》の寮までとが評判も高く、大入りをつづけた。菊五郎の直侍は、前述の「髪結新三」の新三とともに、彼の演じた最高の当り役であった。

「湯殿の長兵衛」

同年十月に春木座で上演された「湯殿《ゆどの》の長兵衛」（極付幡随長兵衛《きわめつきばんずいちょうべえ》）は、河内山とともに、世話物に扮した団十郎の傑作とされている。

水野十郎左衛門を首領とする白柄《しらつか》組のひいき力士黒鷲官太夫は、町奴幡随長兵衛のひいき力士桜川五郎蔵に、相撲で負けたのを恨んで、これを殺そうとし、反対に返り討ちになる。かねてからの問題もあり、遺恨に思った水野は、長兵衛を自邸に招き、これを暗殺しようとする。これを聞いた桜川は、申し

わけのために切腹するが、長兵衛は単身乗りこみ、ついに湯殿で殺される。

これらの江戸を世界とした世話物と、明治を世界とした散切物《ざんぎりもの》とを比較してみると、今日の舞台生命が物語っているように、前者の方がよりまさっているといえる。作家的年齢は若く、新時代の風物を舞台にとりいれることはできたが、しょせん、めまぐるしい時代の変転の本質までは理解できなかったのである。何が新時代を動かすエネルギーであったか、何故に明治維新が行われたかという、その根本的な思想問題を解明し、舞台にのぼせることはできなかった。それに歌舞伎のドラマツルギーの約束は彼を固定せしめていたし、歌舞伎劇そのものも急激な伝統破壊をなしうるものではなかった。散切物は新派・新劇に通ずる何物かを持っていたとはいいながら、結局は歌舞伎の一様式たるにとどまった。したがって、新派が発生し、新劇が行われるようになっては、散切物は単なる過渡的所産としての価値を持つだけとなった。ただし故穂積重遠がいったように、明治初年

散切物の価値

の風物、新制度や法律に対する民衆のうけとり方などは、他の資料よりも、きわめてこくめいに描写・記録されていることは事実である。

四　活歴劇

新富座時代の時代物

この新富座時代の時代物は、左団次や我童《がどう》を中心にしたものもあったが、その多くは団十郎が中心であった。団十郎の芸風をいいあらわす一つのことばに前にも述べたが、「活歴風《かつれき》」というのがあって、これは彼とは切っても切れない密接なものである。

活歴

明治十一年十月に「延命院」の中幕に黙阿弥が新作した「二張弓千種重藤《にちょうのゆみちぐさのしげどう》」で、団十郎が実盛を演じたときに、この「活歴」ということばが作られた。この作品は一幕二場の短かいもので秩父《ちちぶ》の庄司重能《しょうじしげよし》が、源義朝の弟義賢《よしかた》の子駒王丸をかくまっていることがわかったので、斎藤実盛がその首をうけとりに行く。重能は我

が子重保《しげやす》の首を討って贋首《にせくび》をさし出す。実盛はその首がにせであるのを承知で、重能の心情を察し、だまって帰るという筋で、かなりしぶいもの。団十郎は実盛に扮《ふん》し、立烏帽子《たてえぼし》・水干《すいかん》・白の大口袴《おおくちばかま》という姿で、従来の歌舞伎の時代物とは、だいぶ違った衣裳であり、これは時代風俗を考証した上でのことであった。のちにも述べるが、当時団十郎を積極的に後援し、その故実癖・高尚趣味に同調していた松田道之《みちゆき》と依田学海《よだがっかい》らが、「時代物は活《い》きた歴史でなければならない」といったのを皮肉屋の仮名垣魯文《かながきろぶん》が『かなよみ新聞』の劇評中で「活歴史」と冷評したのにはじまる。

それにしても、活歴ということばがこの時代に作られたことは、団十郎およびこの時代の特色をよくあらわしている。明治の初年には、ほとんど認められなかった彼の趣味も、時代が変り、彼の芸が成熟してくるにつれて、次第に社会が認めるようになったのである。しかしまたそれだけに、一部の人に認められると、

有頂天《うちょうてん》になって極端にはしりすぎるきらいもあった。

たとえば、明治十四年六月の「夜討曽我」で宗十郎と衝突したのがその好例である。この作品は、ずっと以前明治七年三月に、団十郎の五郎、宗十郎の十郎という配役で、黙阿弥が新作したものを改訂したのであるが、前には在来の演出通り、討入りの五郎も十郎も二人とも素足《すあし》であったのだが、それでは狩場の実際に反するというので、団十郎の五郎は小手《こて》脛当《すねあて》、腹巻にわらじという姿になった。

水見舞に火事見舞

しかし一方の宗十郎も一くせあった人だけに、団十郎に同調せず、在来の通り素《す》足《あし》に狩袴という扮装《ふんそう》で通した。兄弟そろって工藤祐経《くどうすけつね》の仮屋《かりや》へ討入るのに身支度がちがっているのだから、世評もやかましくなり、一人は火事見舞、一人は水見舞だなどと批判されたので、ついに宗十郎は途中から休場してしまった。活歴と伝統歌舞伎との衝突をよく表明した一事実だといってよかろう。

しかし、この時代の脚本作者はといえば、黙阿弥一人であったから、否《いや》でも応

でも、団十郎の趣味（あえて主義とはいわない）にあった時代物を書かなければならなかった。時には文士・学者などの意見や資料提供によったのでもあって、系統的な歴史的知識を持ちあわせなかった彼は、相当に苦労したことであろう。その苦慮は明治二十年前後に至るまで助長されたことであったろう。黙阿弥は家庭的にも、狂言作者としての位置においても恵まれたが、新時代・知性人にたいする苦悩には大きなものがあったであろう。だが、とにかく依田学海や福地桜痴《おうち》らの指導をうけて、活歴なり新歌舞伎なりのバトンを次代に渡すだけの役目は果したのであった。

この時代の活歴的作品としては、世話物におけるほどの傑作はなかった。おもなものをあげると、「吉備《きび》大臣」（吉備大臣支那譚《きびだいじんしなものがたり》・明治八年五月）、「平家物語（重盛諫言）」（牡丹平家譚《なとりぐさへいけものがたり》・明治九年五月）、「三河後風土記」（松栄千代田神徳《まつのさかえちよだのしんとく》・明治十一年六月）、「重忠討死」（義重忠士礎・同年十一月、左団次のためのもの）、「赤松満祐」

（赤松満祐梅白旗《あかまつまんゆううめのしらはた》・明治十二年二月）、「中山問答」（花絡中山城名所《はなのみやこやましろめいしょ》・同年五月）、「荏柄《えがら》の平太」（星月夜見聞実記《ほしづきよけんもんじつき》・明治十三年六月）、「茶臼山」（茶臼山凱歌陣立《ちゃうすやまがいかのじんだて》・同年十一月）、「大石城受取《おおいししろうけとり》」（千代誉松山美談《ちよのほまれまつやまびだん》・明治十四年三月）などの代表作があり、かなりの評判をあげ、現在でもその舞台生命を保っているものがある。

五　御家物、黄門記

以上のような活歴的作品とは違うけれども、当時の政治上の時事問題をあつかった作品は、後になってみると、一つの時代物になっているものがある。元来黙阿弥は、時事問題を脚色したがらなかった。それは、時事問題の脚色を禁じられていた江戸時代に、その前半生を送ったという条件もあり、そのためにトラブルをひきおこすことを避けたからである。しかし、新富座の経営に任じていた守田勘弥は、できるだけ政府筋に近づこうとした人だし、また時代の尖端をいきたか

った人だけに、なるべく政府の関心を買うような時事問題を脚色せしめようとした。

上野の戦争

そしてそれは興行政策上の必要からでもあった。明治八年六月に上演された「明治年間東日《あづま》記」は、彰義隊の戦いを中心にした作品であるが、むしろそれをめぐる因縁話・敵討物語で、彰義隊はその背景にしかつかわれていなかった。

「西郷隆盛」

ついで西南戦争のときには、勘弥が百方奔走し、山県有朋の許可をとり、当時の関係者や名士から材料を集めてきたので、ようやく安心して筆をとった。それが、明治十一年二月上演の「西郷隆盛」（西南雲晴朝東風《おきげのくもはらうあさごち》）で、八十日以上の大入りをとった。この題名は検閲係の役人からもほめられたという。

このように、時事問題を脚色するのは当ることがわかっていても、あまり好まなかったが、同じ時代物の中でも、世話物の要素を多分に含んだ「御《お》家物《いえもの》」は、さすがに手なれたもので、規模の大きなすぐれた作品を多く書いている。

彦三郎を中心にして、菊五郎・左団次などに書いたなかで、有名なものに「宇

規模の大きな御家物

都宮騒動」（宇都宮紅葉釣衾《うつのみやにしきのつりよぎ》・明治七年十月）と「天一坊」（扇音々大岡政談《おうぎびょうしおおおかせいだん》・明治八年一月）とがある。

「宇都宮騒動」は、例の釣天井の話であり、「天一坊」も講談などでよくしられた物語であるが、黙阿弥は講談にない場面を創案し、またまたその場が好評を博した。主演の彦三郎は柄《がら》も声も顔もよかったし、また舞台の空気を一変させる芸の持主でもあったので、ぎりぎりの逆境から急に喜びに変る呼吸がうまく、したがって黙阿弥の作品でも、その芸風を生かしたものが多かった。「黒田騒動」や「伊達騒動」、団十郎の加わった「天草騒動」などもあったが、彦三郎は明治九年十一月に新富座が焼けてから上方《かみがた》へ行き、まもなく没してしまった。

彦三郎の大岡越前守は天下一品といわれたが、団十郎の水戸黄門もこれに劣っていなかった。明治十年十二月上演の「黄門記《こうもんき》」（黄門記童幼講釈《こうもんきおさなどうしゃく》）は、新富座の頽勢《たいせい》を挽回したほどの大入りをとった。

「黄門記」

三筋町の魚屋久五郎が、堀田の邸外で、魚を盗んだ犬を殺したので捕えられ、打首になろうとする。これを知った盲目の父玄碩《げんせき》は、水戸黄門が伝通院へ仏参の帰途、助命を願う。黄門は久五郎の命を助けてやる。一方堀田侯は、私欲のために河童《かっぱ》の吉蔵を使い、安宅丸《あたけまる》に祟《たた》りがあるといいふらしてこれをこわそうと企《たく》らみ、これに組した黄門の能の師匠藤井紋太夫は、黄門を毒殺しようとしたことがあらわれ、紋太夫は黄門の手討になり、稲葉石見守は死を決して堀田を刺す。しかし時の将軍綱吉《つなよし》に黄門がとりなして解決する。

配役も団十郎の水戸黄門をはじめ、菊五郎（吉蔵・紋太夫・石見守）・左団次（久五郎・堀田）・仲蔵（玄碩）・中村宗十郎（綱吉）という顔ぶれで、なかでも団十郎・菊五郎・仲蔵の役々は上出来であった。

明治十二年十月に上演された「鏡山」（鏡山錦栬葉《かがみやまにしきのもみじば》・九幕十六場）は、この時代の御家物中の代表作品であろう。

加賀家の足軽長次兵衛の子才九郎は、茶坊主から次第に出世して、やがて大月蔵人と名も改め、ついに三千五百石の侍となる。まず雛祭《ひなまつり》の膳部にわざと毒を入れ、これを毒見して一千石の加増をうける。またにせの密書を落して家老浦井主膳を失脚させて加増を受け、拝領した邸に意見にきた伯父を鳰川《におがわ》堤《づつみ》で暗殺し小田《おだ》大炊《おおい》に見破られる。やがて中老政尾と殿の愛妾お貞《てい》と計り、妾腹の慶之助を嫡子に立て、自ら実権をにぎろうと画策する。しかし筑摩川の乗切で殿を殺そうとしたが果さず、また鏡山で小田大炊を刺そうとしたのも失敗し、腹心の安宅《あたか》郷《ごう》右衛《え》門《もん》とともに一味は捕われ、悪事が露見して処刑される。

配役は団十郎（加賀公・小田大炊）・菊五郎（大月蔵人）・左団次（安宅郷右衛門・政尾）・半四郎（お照・お貞）・宗十郎（浦井主膳）・仲蔵（大月伯父大六）らで、それぞれ役者の柄にはまり大成功を収めた。なかでも四幕目の大月邸から鳰川堤の殺し、

七幕目の紅葉狩の場などは名高い。また異常な奸智《かんち》にたけた大月が、最後に小田大炊の弁舌にかかって白状するくだりなども、団十郎と菊五郎の芸風の対照もあって、印象深い舞台になった。

六　演劇改良の声

演劇改良の声と勘弥

さてまた、新時代を迎えた明治の初年は、あらゆる方面にわたって社会の変革が要請された。そしてそれは演劇においても同様であった。

前にも述べたように、興行師守田勘弥は、当時の先覚者で、歌舞伎興行の全般にわたって改革を加え、新らしい興行方法の確立に努めていた。当時の西洋熱には極端なものがあり、その先頭をゆくものは、いわゆる「洋行帰り」の顕官《けんかん》・学者であった。彼らは、成立の条件を環境もまったくちがった社会を最上のものと思いこみ、伝統を破壊し、すべてを改革しようとはりきっていたのである。

その最大の被害者は、とくに江戸時代の爛熟《らんじゅく》した社会ではぐくまれてきた文化であった。歌舞伎は江戸の花といわれていただけに、はじめのうちはこれに対処する方法を知らなかった。ロンドンやパリの王立や国立の劇場をみてきた連中が、その成立の歴史や条件を知らずして、社会における劇場の地位や内容について、改革論を唱えはじめたのであった。

演劇は、社会と隔絶したところにあっては成立・存在の意義を失なう。歌舞伎はいやいやながらも、外からの圧力にしたがわなければならないが、さてどのように——といわれると迷わざるをえなかった。しかし、その中間に立って、演劇改良に善処しようとしたのは、守田勘弥ただ一人であった。彼はつとめて政府高官に近づき、新知識の持主である学者や顕官の意見に耳を傾け、歌舞伎を西洋の演劇と同じ地位にあげ、役者を紳士の仲間に加えようとして、どれほど骨をおったかしれなかった。王立劇場・国立劇場さえ夢みたのであった。

新富座の開場式に列席したときの燕尾服の黙阿弥
（明治11年6月）（63歳）

その結果、彼は一時はほとんど狂信的な芝居改良論を持つようになり、手段のためには方法も犠牲も無視して、ひたすらに芝居全体をひきあげようとしたのである。その極端な例として、明治十一年六月の新富座開場式があげられよう。明治九年十一月に焼けた新富座は、仮普請のまま興行していたのが、ようやく新築完成したのであるが、このとき俳優一同・座方《ざかた》一同、それに作者にまで燕尾《えんび》服を着せて舞台にならべ、海陸の軍楽隊に演奏させ、二日にわたって朝野の名士を招待し、すべて西洋式に式辞を朗読させた。したがって洋服ぎらいの黙阿弥にまで洋服を着せ、靴をはかせて生涯にただ一度きりの洋服姿を写真にのこさせた。

そのほか勘弥は、夜芝居を興行したり、英文のパンフレットを発行したり、アメリカ大統領グラント将軍が来日したとき（明治七年）には、これを招待し、さらに彼の伝記を脚色した「八幡太郎」（後《ご》三年奥州軍記《さんねんおうしゅうぐんき》）をも上演している。

勧善懲悪思想のもりこみ

このような外面的な改良と同時に、その内容にも干渉が加えられた。それもやはり芝居の地位を高め品位を保つために行われたもので、かつて小団次を死なせたように、人情をうがちすぎたものは禁止されるようになった。風紀上・道徳上にさしさわりのある惨忍・野卑・淫猥《いんわい》なものには、とくに注意がはらわれた。江戸時代にあっては、勧善懲悪の名目でかなり惨忍なものや猥雑なものが上演され、終りに申しわけていどの解決をつけて、かえって逆になるようなものが多かったが、明治の改革はそれを許さなかった。たとえば明治九年九月上演の「女太閤記」（出世娘瓢簪《しゅっせむすめひさごのかんざし》）の中のせりふには、

およそ芝居の狂言や浄瑠璃も、教えの道、善を勧《すす》め悪を懲《こら》し、一部の主意は

たっておれど、中には色気《いろけ》のことが多く、何の事やらわけしらぬ娘子供に、その道を教えるようなものなれば、近頃芝居の狂言も、みにくいことはなるたけせず、十年後《あと》とはサラリと変じ、また浄瑠璃もその通り、家元《いえもと》衆はいうにおよばず、少し心のある師匠は、なるたけ文句の色気をなおし、心中ものや道行などを、教えぬ師匠もあるそうだ。……ほんに今では狂言も、親子で顔をあからめるような、そんなみにくい狂言は、新富町じゃァ演《し》やァしねえ。といっているように、このころからは勧善懲悪の思想がはっきりと作品の中に盛りこまれている。なお「孝子善吉」や「霜夜鐘」などもその好例であるが、これは時の教部省(文部省)の方針にも準拠したものだった。

役者の中で改良熱に情熱を傾けたのは、団十郎一人であった。彼の高尚典雅趣味は次第に強くなり、それとともに活歴も確立されていった。当時の文化人(文士・学者)の間にも、演劇改良の意見が高まっていったが、それらと結んでその指

導を仰ごうと考えたのも、団十郎一人であった。したがって、今までの芝居関係者以外の、学識者と芝居との関係が強まってきた。その最初の具体的な例は、明治十二年二月の新富座興行である。このときは一番目に「赤松満祐」、二番目に

学海と桜痴

「人間万事金世中《にんげんばんじかねのよのなか》」が上演され、作者は二つともに黙阿弥であったが、第一は依《よ》田《だ》学海《がっかい》からの示唆《じさ》にもとづいたものであり、また第二は、当時「池《いけ》の端《はた》の御前《ごぜん》」と呼ばれて政界・文壇に名声をはせていた福地桜痴《おうち》から、材料が提供されたのであった。二人とも後に述べる演劇改良会の重要メンバーで、この二人が同時にこのような関係を持つに至ったことは、明治演劇史にとって重要なことであった。

異人芝居

同じ傾向の一つのあらわれは、明治十二年の九月に「漂流奇談」（漂流奇談西《ひょうりゅうきだんせい》洋劇《ようかぶき》）を上演したことである。これは西洋人の芝居――つまり異人芝居が横浜にきたというので、これをみてきたのが勘弥・黙阿弥・団十郎・仲蔵たちであるが、これを舞台にそのままのせようと、勘弥は考えた。それにしたがって劇中劇の構

成をたてたのが默阿弥である。チンプンカンプンな外国劇を舞台にのせた結果は、見事な失敗興行となった。

狂言作者の三親切

すべて改良だ、活歴だ、西洋劇だといって、默阿弥自身は好まなかったにしても、彼は伝統的な狂言作者の道に殉じたものだった。彼が門弟にいったことばに、「狂言作者には三親切ということがある。第一は見物に親切、第二は俳優に親切、第三は座元《ざもと》(興行主)に親切」というのであった。彼は自己の才能をできるだけ発揮して、新時代に対処しようと苦慮したのであった。

七　この頃の舞踊劇

ここで、默阿弥の書いたこの時代の浄瑠璃や所作事《しょさごと》(舞踊劇)について記そう。

大切物《おおぎり》などで時代相をうつすことは、前代につづいて行われ、その題名にも題材にも、従来とは変ったものがみられる。たとえば、はじめてガス燈がついたこ

ろには「瓦《が》斯《す》燈《とう》」（意中闇照瓦斯燈《こころのやみてらすがすとう》・明治八年五月）が作られ、百人芸が流行したときには「百人芸」（三社祭巴提燈《さんじゃまつりともえのちょうちん》・明治九年六月）が、勧業博覧会の開かれた翌年には「上野惣踊」（街明治世賑《ちまたあかるきちせいのにぎわい》・明治十年十二月）が、それぞれ書かれている。

しかし増補の「河内山」で、入谷《いりや》の寮へ直侍《なおざむらい》が三千歳に逢いに行くところで用いられた清元「忍逢春雪解《しのびあうはるのゆきどけ》」は、黙阿弥の作品中でも傑作といわれ、「島衛《しまちどり》」の中のお照と望月の「色増艶夕映《いろまさるもみじのゆうばえ》」（俗に雁金《かりがね》）とともに、清元節の中でも名曲として残っている。しかし、何といっても長唄の「土蜘《つちぐも》」は、その成立の事情・評判ともに話題をなげた作品で、今日でもその舞台生命の長い大曲として価値が高い。

土蜘

「土蜘」は明治十四年六月に新富座で、菊五郎の祖父三代目の尾上菊五郎（梅寿）の三十三回忌追善にあたって書かれたものである。市川団十郎の方に、能仕立の「勧進帳」があり、歌舞伎十八番に数えられて評判が高いので、尾上家としても、

「土蜘」（昭和15年，歌舞伎座）中央隈取りをしたのが土蜘の精（六代目菊五郎）。右方は平井保昌（六代目大谷友右衛門）

当時の高尚趣味にも合うし、何か能楽から移したいわゆる松羽目物《まつばめもの》をと注文して作られたものである。したがってある人からは「能三分・芝居七分」と非難されたが、一般には時代の趣味にあっていたので好評であった。葛城山《かつらぎ》に住む蜘蛛《くも》の精が、比叡山《ひえいざん》の僧知籌《ちちゅう》となって源頼光《らいこう》を悩まし、やがて天下を征服しようとするのを、平井保昌《やすまさ》が退治するというストーリーで、筋そのものは能楽どおりであったが、三代目杵屋《きねや》正治郎の作曲と、初代花柳寿輔《じゅすけ》の振付というコンビも成功し、明治における代表的な舞踊

劇となり、尾上家の「新古演劇十種」の一つに数えられている。

八　一世一代の書き納め

引退して黙阿弥

　このようにして黙阿弥はよく働き、よく書きつづけたが、明治十四年には六十六歳になったので、十一月に二代目河竹新七としての一世一代書き納めの狂言を発表して、めでたく引退を披露し、名も黙阿弥と改めた。

　引退の準備は二－三年前から心がけ、門人たちに立作者の地位をゆずろうとして、市村座を竹柴金作に、猿若座を同繁造に、春木座を同銀蔵に、新富座を進三・幸二・金作の三人にまかせようとぽつぽつ実行していた。

　また明治以前から考えていた初代河竹新七の記念碑「荵塚《しのぶづか》」も、明治十三年の末になってようやく完成した。もともと黙阿弥が二代目河竹新七を襲名したのは、前にも述べたようにまわりからすすめられた結果であって、単に番付上絶えてい

た名前を相続したにすぎず、血縁ある遺族も、その墓さえもわかっていなかった。それがふとしたことで浅草の南松寺にあることがわかり、法要はかかさず営んでいた。その後初代新七自筆の原稿「垣衣恋写絵《しのぶぐさこいのうつしえ》」を人からゆずられたので、これを清書して根元に埋め、場所も因《ちな》みのある隅田河畔《かはん》の梅屋敷（百花園）に、根生川石《ねぶかわいし》の碑を建てて、「荵塚」と名づけた。それには、

初代河竹新七の碑「しのぶづか」
（明治13年向島百花園に建てられて現存）

百花園のしのぶ塚

隅田川よ二面《ふたおもて》よと、歌舞伎にも浄瑠璃にも世にもてはやさるゝ荵売《しのぶ》りは、安永四とせ中村座の初狂言に初代中村仲蔵が勤め、前の河竹新七が作なり。そ

が正本を或人《あるひと》より贈られて久しく秘蔵せしは、名を嗣者《つぐもの》の幸ひと悦《よろこ》びしが、此度《このたび》こゝに埋みて昔しのぶの塚と名づけ其の故よし記しつくるは、隅田川の流れ絶えず伝へて二面のふたつなき功績を後の世に遺《のこ》さむとてのわざになむ有りける。明治十三年三月　二世河竹新七記

と記された。明治十四年の十一月には、一世一代の口上看板が新富座の前に掲げられた。狂言作者の口上を座元がのべたということは、あまり例のない栄誉であった。

そしてこの一世一代の書き納めとして新作したのが、白浪作者の名にそむかぬ「島衛《しまちどり》月白浪《つきのしらなみ》」五幕九場という世話物であった。この作品はさすが白浪作者だけあって、作品中の主要人物を四人まで盗人《ぬすびと》にしてある。

明石の島蔵・松島千太

明石の島蔵と松島千太は、質屋へ強盗に入り、千円の金を奪って山分けし、そのまま西と東にわかれる。松島へ向かった千太は、途中で弁天お照にあう

が、結局望月輝《もちづきあきら》にとられてしまう。一方、明石へ帰った島蔵は、強盗に入った同じ日同じ時間に、我が子が怪我《けが》をしたのを知って因縁のおそろしさに改心し、舟で神戸へ出ようとして難破するが、助けられて東京へ出る。やはり東京へもどった千太は、望月の妾となったお照の居所をつきとめてゆするが、反対にやりこめられる。千太はふたたび島蔵にあったので、望月の家に強盗に入ることを相談する。しかし島蔵が、招魂社（今の靖国神社）前で真身《しんみ》にかけて説得するので改心し、二人とも自首することになる。

配役は団十郎（望月）・菊五郎（明石の島蔵）・左団次（松島千太）・半四郎（弁天お照）そのほかで、美しいお照は板の間かせぎ、紳士姿の望月輝も盗人にしてしまっている。現在では、四幕目の酒店から招魂社鳥居前での島蔵・千太のやりとりまでを上演するが、招魂社前の一場がこの作品の中心で、また作者としても最も力をこめたところであった。また島蔵に扮《ふん》した菊五郎、千太に扮した左団次も、

引汐

すぐれた演技をみせて好評であった。この作品はまた、一世一代とあって全部を自分一人で書いたから、全体に作者の注意がよくゆきとどいている。この一世一代の披露と書き納めの狂言とに対して、六二連（劇評家の連中）と歌舞伎新報社とから、そ

66 歳で引退を披露したときの「引しほ」，摺物の包み紙（絵，柴田是真。書，綾岡輝松）

れぞれ彼に引幕が贈られた。これも類例の少ないことであった。このとき「引汐《ひきしお》」と題した次のような文面の摺物《すりもの》が、親しかった人々の間に配られた。

幼き頃竹柴の浦辺に育ちし由縁《ゆかり》にや、浜の真砂《まさご》の尽《つき》せざる彼《かの》盗人の狂言を、

員《かず》多く脚色《しぐみ》しゆゑ、白浪作者と言はれしも、素《もと》より智恵の浅瀬にして深き趣向のあらざれば、沖を越したる功《いさお》しなく、唯長しほの長々しくも、硯《すずり》の海に年を取りしを算《かぞ》ふれば、早《はや》五十年、額によする漣《さざなみ》に磯馴《そなれ》の松の腰も曲《まが》り言の葉の老いさびぬれば、玆《ここ》らが汐の引時とて、引いはひしてまた元の、浪の素人《しろうと》に帰るになん。

河竹　其水

腸《はらわた》のなき愚かさに
直《すぐ》な道知らで幾年《いくとせ》横に這《は》ふ蟹《かに》

其《き》水《すい》は黙阿弥の俳名《はいみよう》であり、画師の柴田是真《ぜしん》が、引汐に蟹のはっている画を描いてあった。

黙阿弥の号

黙阿弥という名は、藤沢の藤沢山遊行寺《とうたくさんゆぎようじ》から、明治十四年十一月二十五日に贈られた阿弥《あみ》号である。隠居してもとのもくあみになり、黙するという意味が含まれていた。

第九　晩　年

一　やはり作劇を

前にも述べたように、黙阿弥と改めて引退したからには、実際に各座から退くつもりで、新富座さえも遠慮する考えであったが、老体とはいえまだまだ元気な黙阿弥を、劇界で打ちすてておかなかった。とくに勘弥は、それまでの関係から離そうとしなかったので、長年の情義もあり、やむをえず新富座にだけは出勤しなければならなかった。しかし自分はスケの名義で補助的な客座にのがれ、立作者の地位は門弟にあたえたのであった。そうして明治十七年の四月には、高弟竹柴金作に三代目の河竹新七をつがせ、また新富座にいた竹柴進三には、明治二

十年三月に俳名の其水《きすい》をあたえ、同時に大阪にあった先輩作者の勝諺蔵《げんぞう》には、河竹能進《のうしん》の名をあたえた。能進は、初代新七の俳名であった。

しかし勘弥や菊五郎などは、あくまで黙阿弥を信頼し執筆を依頼した。また黙阿弥も、健康・創作力ともに衰えていなかったので、黙阿弥時代の十年間にも、相当のすぐれた作品を書いている。それらを簡単に次にあげておこう。

まず世話物では、「新皿屋敷《しんさらやしき》」(新皿屋敷月雨暈《しんさらやしきつきのあまがさ》・明治十六年五月市村座)があげられる。

魚屋宗五郎

芝片門前に住む魚屋宗五郎《さかなやそうごろう》の妹蔦《つた》が、所望されて磯部主計之助《かずえのすけ》の妾になる。それが悪人の岩上典蔵らの謀略で、浦戸紋三郎と不義をしたという汚名をきせられる。怒った主計之助はお蔦を手討にし、井戸の中へ落す。それをきいた宗五郎が、断《た》っていた酒を呑んで磯部家にあばれこむ。やがて邪正は明白となり、悪人どもは滅びる。

この作品は、菊五郎が生世話《きぜわ》の元右衛門のような酒乱の役をつとめたいといったのにこたえたもので、酒乱になるので断酒していた宗五郎が、我慢しきれなくなってその禁を破り、飲むほどに正体をなくし、次第に酔を発して酒乱になる段取りが見事に描かれ、菊五郎の至芸と相まって、息もつかせぬ面白さを発揮した。この好評で日延べの大当りをとったもので、後世にも大きな影響をあたえている。

急激で革新的な改良意見を持っていた依田《よだ》学海は、当時の歌舞伎とくに時代狂言をもっとも徹底的に攻撃した一人であったが、それでもこの「新皿屋敷」をみて、「……あの宗五郎が段々生酔《なまよい》になる所は、あの筋は立ってもああは書けないねえ」と感心している。筋は立てられても書けないというところに、狂言作者としての黙阿弥の価値・手腕・才能がいいあらわされているかと思う。

つづいて翌明治十七年に書かれた「世話の清玄」（浮世清玄廓夜桜《うきよせいげんさとのよざくら》・市村座）も、佳作の一つに数えられている。

「浮世清玄」

誓水寺の僧清玄は、吉原入間屋《いるまや》の小桜に惚《ほ》れて通いつめるが、小桜には吉田松三郎という情夫がいて相手にされず、見世の者にはつき出され寺は追われ、橋場の庵室にこもり、その執念《しゅうねん》は生霊《いきりょう》となって小桜をなやます。小桜の兄牛島惣太は、丁稚《でっち》殺しの現場をみられたので清玄を惨殺する。しかし清玄の亡霊は小桜を惣太に殺させ、清玄の下男六兵衛らに敵を討たれる。

これも菊五郎の希望で、生霊をやってみたいというのにこたえた作品。「新皿屋敷」と同じように評判がよかった。「新皿屋敷」が「番町皿屋敷」をふまえたように、この「浮世清玄」も、時代ものの「清玄」をふまえているが、両者ともまったくの新作で、単に人名を借りただけの作品である。

右の二作品は、ともに三幕物の二番目狂言であったが、次に述べる二つの作品は、ともに九幕という通し狂言で、黙阿弥の趣向を十分に知ることのできる佳品である。

「四千両」

「四千両《しせんりよう》」（四千両小判梅葉《しせんりようこばんのうめのは》・御金蔵破り・明治十八年十一月千歳座《ちとせ》）は、このころから劇界と密接な関係をもちはじめた興行師の田村成義から材料が提供された。

中間《ちゆうげん》あがりの野州無宿《やしゆうむしゆく》の富蔵が、浪人の藤岡藤十郎と組んで御金蔵を破り、まんまと四千両の小判を盗みだし、これを藤十郎の床下《ゆかした》に埋めておく。富蔵はこれをちびちびもらって費消し、藤十郎は材木でもうけたといって貸付所を開き、

「四千両」（四千両小判梅葉）（大正９年，市村座）
左方富蔵（六代目菊五郎）と右方藤十郎（中村吉右衛門）の堀端におけるめぐりあい。

繁昌している。が、次第に詮議がきびしくなるので、富蔵は三百両をもらって加賀にいる病母に逢いにいって捕えられ、唐丸籠《とうまるかご》で江戸へ送られる。途中熊谷で八年前に離縁した妻とその父親に逢い、役人の情で水盃をかわし、伝馬町の大牢に入れられる。藤十郎も捕えられ、二人とも死罪になる。

この作品で話題となったのは、最後の伝馬町の牢内の場であった。江戸時代の牢内をそっくり写したもので、その習慣・制度・ことばまでがすべてとり入れられていた。今からみると、牢内を描いた唯一の参考文献でもある。この場を描くためには、いかに浮世を知りつくした黙阿弥といえども、牢内のことまでは知らなかったので、あちらこちらの経験者に尋ね、苦心の末にまとめたもので、大いに一般の興味をもひき、またよくできた場でもあった。またこの場面に使う合方《あいかた》にも困ったが、かつて牢の裏手に鍛冶《かじ》屋があり、その音がきこえていたということをきき、その鍛冶屋の音を巧みに使って舞台効果を高めたというような苦心談

もあった。

富蔵に扮《ふん》した菊五郎、藤十郎に扮した九蔵ともによく、当時の話題をさらった作品であった。のちに中村吉右衛門（藤十郎）・六代目菊五郎（富蔵）のコンビでも再演され、世話物の佳作として評判がよかった。

「加賀鳶」

翌明治十九年三月に、同じ千歳座で上演された「加賀鳶《かがとび》」（盲長屋梅加賀鳶《めくらながやうめのかがとび》）も、佳作の中に数えられている。この前に、小団次に心酔していた菊五郎が、ぜひとも小団次の当り役であった「村井長庵」を演じたいといったが、黙阿弥はあなたには不適当だといってとめていた。そこで菊五郎向きに書かれたのが、この「加賀鳶」であった。長庵を按摩《あんま》の道玄《どうげん》に、久八の代りにいなせな加賀鳶の梅吉が創作された。赤羽橋の殺しは御茶の水土手の百姓殺しとなり、また長庵宅は本郷盲《めく》目《ら》長屋《ながや》の道玄宅に書き替えられ、それに菊五郎の望みを入れて、三代目梅寿菊五郎の演じた死神《しにがみ》を加え、道玄と死神とを主題とした作品となった。

「加賀鳶」は成功であった。道玄を演じた菊五郎、加賀鳶松蔵を演じた市川九蔵ともに好評で、また菊五郎の演じた死神はとくに評判になった。しかし注意すべき点は、その死神の出る場へ、清元の浄瑠璃「岸柳朧人影《きしのやなぎおぼろのひとかげ》」をとり入れて、十分に舞台の効果を出したことである。幽霊の出る場であるから、本来ならば淋しい竹本か何かを使うべきところに、粋《いき》な清元を使ったのは例のないことであり、黙阿弥にしてはじめてできたことであるという、劇通や内部の人たちの評判であった。

「筆幸」

このように音楽を巧みに使って成功した例としては、明治十八年二月に千歳座で上演した「筆売幸兵衛《ふでうりこうべえ》」（水天宮利生深川《すいてんぐうめぐみのふかがわ》・略して単に筆幸《ふでこう》とも）があげられる。

旧士族の船津幸兵衛は、維新のどさくさに零落し、妻に死なれ、二人の娘と乳呑児《ちのみご》を抱え、生活に窮して筆の行商をしながら、行くさきざきで貰い乳《ぢ》をしていたが、あまりのはかなさに発狂し、水天宮の額をもって狂い回り、深

川の海に投身する。しかし水天宮の御利益で車夫に助けられ、次第に諸方から恵みを受けて生活も好転する。これに幸兵衛の父に教えをうけたことのある荻原良作、その弟の小天狗要次郎らがからみあう。

この二幕目で、幸兵衛が母に別れた三人の子を左右に抱え、浪々《ろうろう》のその日暮しに迫る貧苦に耐えかね、ついには子供を殺して自分も死のうと思いあまっているところへ、突然にぎやかな騒ぎ唄《うた》になり、〽吹けよ川風、あがれよすだれ――という、派手で陽気な清元を、延寿太夫の玉をころがすような美しいのどで語らせた。途方にくれた幸兵衛は、この浄瑠璃をきいて、「身の盛衰と貧富とはいいながら、こうもへだてのあるものか」と、いよいよ悲嘆にくれ、ついには狂気してしまうのである。

五代目菊五郎と

以上簡単ながら述べてきた世話物は、ほとんど五代目菊五郎が中心であったといっていい。菊五郎と黙阿弥との関係は、小団次とのそれに次ぐ密接なものであ

った。田之助が懇請して作品を書いてもらったことは前にも述べたが、彼もそれに劣ることはなかったであろう。団十郎が常に時代の風潮に気をくばりながら、時代とともに進展し、黙阿弥と離れていったのと対照的だったといってよい。

菊五郎の演ずる人物は、たとえ頭が散切《ざんぎり》になり、服装は洋服になろうとも、なかみは江戸時代の人間であった。そしてそのような人物を舞台上に書くことのできたのは、この時代にあっては黙阿弥しかいなかったのである。菊五郎を黙阿弥の傀儡《かいらい》だといった人がいるが、ところを変えてみれば、黙阿弥も菊五郎の傀儡《かいらい》であった。黙阿弥の年齢からいって、新時代のドラマは注文されても無理であったから、いさぎよく引退したのであったが、黙阿弥をひっぱり出すことができなければ、菊五郎も旧作を再演しつづけるよりほかはなかったであろう。菊五郎も、自分の芸風なり芸域なりを、新時代のドラマにふさわしいものとは考えていなかったであろう。新らしい衣をまとった古い思想で固まった黙阿弥の作品こそ、菊

五郎にとっては、かくれみのではなかったろうか。

　したがって、実生活の面においても、伝統的な江戸ッ子の二人は、いなせで、物に熱心な、凝《こ》り性《しょう》という点で共通していたといえる。

二　高時・伊勢三郎その他

　次にこの期に製作された時代物についてみよう。この時代の作品としては、明治十七年十一月に新築開場した猿若座で、団十郎のために書かれた「高時《たかとき》」（北《ほう》条九代名家功《じょうくだいめいかのいさおし》）・「伊勢三郎《いせのさむろう》」（孳源氏陸奥日記《みばえげんじみちのくにっき》・明治十九年十二月新富座）の二つの短かいものと、長編の「崋山と長英」（夢物語蘆生容画《ゆめものがたりろせいのすがたえ》・明治十九年五月新富座）と「関《せき》ケ原《はら》」（関原神葵葉《せきがはらかみのあおいば》・明治二十年六月新富座）の、以上四つを代表作品とする。

　「北条九代名家功」は、初演のときには上の巻が高時の田楽舞《でんがくのまい》、中の巻が本間山城守の討たれる話、下の巻は新田義貞が稲村ヶ崎で龍神に名刀を捧げ、海水を引

かせて軍勢を渡すという話である。この中で評判のよかったのは上の巻だけで、驕慢《きょうまん》な高時が天狗に翻弄《ほんろう》されるところであった。この作品は、この前年の一月ごろから、団十郎の活歴運動を支援するために作られた「求古《きゅうこ》会」が協議の結果、題材を提供し、黙阿弥が執筆したものであった。求古会のメンバーには、黒川真《ま》頼《より》・関根只誠《しせい》・松岡明義・小中村清矩・依田学界・柏木探古・川辺御楯《みたて》らに、黙阿弥も加わっていたのであるが、時々団十郎の家に集まって、彼に適した作品を相談し、彼を応援し激励するのが目的であった。

黙阿弥はこの求古会の期待にそむかないようにと、心がけて書いたのであったが、書いている途中でも、また書きあげてからも、「どうも芝居にならなくていけねェ」と、こぼしていたそうである。

「伊勢三郎」

「伊勢三郎」は、全体が典雅で、幕明《あ》きを掃《は》き（空）舞台として板付《いたつき》の仕出しもなく、竹本（チョボ）を地謡《ぢうたい》とみせるなど、また人物の出入りにも順序を考え、

せりふも高尚なものを用いた。作品は一幕二場で、左馬頭義朝《さまのかみよしとも》に大恩のある信連《のぶつら》の子伊勢三郎能盛《よしもり》は、いつかは源氏を再興してその味方をしようと、上野国板鼻《こうずけのくにいたはな》の在で強盗を働いている。そこへ義経が熊坂長範《ちょうはん》の手をのがれてきて、一夜の宿を求める。三郎がやがて義経と知り、陸奥の藤原秀衡の許《もと》まで御供をしようとして出立するまでの簡単な筋であったが、団十郎の伊勢三郎がよく、新歌舞伎十八番の一つにも数えられている。

「崋山と長英」

「崋山と長英」は、このときに第四番目の引幕を贈られたことでも、記念すべき作品となった。材料は多く藤田茂吉の『文明東漸史』により、これに崋山の縁筋の者の話や、諸記録が参考にされた。作品そのものには、深い内面的な意義が描かれておらず、現在みるとやや物足りない感もあるが、華山に扮《ふん》した団十郎の芸風と、長英に扮した左団次の芸風とは、それぞれ巧みに性格を表現して、好評を博し、団十郎の活歴もようやく円熟期に入ったことを思わせた。またこのときの

中幕に新作された「雪のだんまり」（水滸伝雪挑《すいこでんゆきのだんまり》）も、勇壮活潑で評判がよかった。

団十郎の徳川家康

「関ヶ原」は、いわば活歴の熟したともいうべき作品で、黙阿弥時代の代表的史劇であるといえる。団十郎の徳川家康は水戸黄門と同じような役柄で、成功した彼の老役《ふけやく》となった。

秀吉が他界したあと、関東方の勢いが日に日に盛んになるのをみた石田三成は、ひそかに策をねり、会津の上杉が謀叛するといいふらせ、関東方がそれに気をとられているうちに一挙に家康を討とうとして兵をあげるが、かえって敗れ、軍師大谷刑部《ぎょうぶ》は自殺し、三成は捕われてしまう。これに細川忠興の妻の壮烈な自害の件と、鳥居彦右衛門の話とを組みあわせたもの。

この「関ヶ原」と前述の「伊勢三郎」とは、明治期における史劇の一おう完成された形と思われるもので、同時に黙阿弥の活歴の完成でもあった。以後は後述するように、福地桜痴《おうち》が団十郎と結んで別に新たな活歴時代が生れるのであるが、

これまでは、とにもかくにも、実際に筆をとって作品を書いたのは、黙阿弥一人であった。活歴をここまで盛り上げ、次代への橋渡しをしたのは、やはり黙阿弥であった。

晩年の舞踊劇

この期の所作事《しょさごと》(舞踊劇)は、前述の「土蜘《つちぐも》」の系統をひくものが新作された。団十郎には、新歌舞伎十八番中に数えられる「釣狐《つりぎつね》」(明治十五年三月、春木座)・「船弁慶《ふなべんけい》」(明治十八年十一月新富座)・「紅葉狩《もみじがり》」(明治二十年十月、新富座)などがあった。また菊五郎には、新古演劇十種の中に数えられる「茨木《いばらき》」(明治十六年四月、新富座)・「一《ひと》つ家《や》」(明治二十三年四月、市村座)・「戻橋《もどりばし》」(同年十月歌舞伎座)などがあった。このほか当時の風俗をうつした所作事も、かなり書いている。

三　演劇改良会

ことばを重ねるようだが、明治十年ごろからは、演劇改良といった風潮が、実

際に舞台にあらわれてくるようになった。とくに明治十九年八月に設立された演劇改良会は、それらの風潮を最も明白に具体化したものであった。この会の主唱者で幹事役を兼ねていた末松謙澄《のりずみ》は伊藤博文の女婿《じょせい》で、彼を中心にして政界・財界・言論界の有力者が会員として加わっていた。この会が目的としたのは、㈠演劇の陋習《ろうしゅう》を改良し、㈡脚本の著作を栄養ある業たらしめ、㈢演劇その他音楽会・歌唱会などの用に供すべき一演技場を構造する、の三つであった。

彼らはこの主旨にもとづいて盛んに意見を発表し、一時はすばらしい勢いであったが、実際の演劇に及ぼした影響はわずかであり、またこの会も長続きしなかった。というのはその有力なメンバーが、洋行帰りの新知識にあふれた人たちで、日本の現実を無視してただちにヨーロッパ的なものを理想として追求したからであった。しかしながら、演劇史上に忘れることのできないのは、二つの功績を残したことである。すなわち、その一つは天覧劇という空前の盛事が行われ、それ

までは河原者《かわらもの》と卑《いや》しめられていた芝居の社会的地位が高められたこと。他の一つは、依田《よだ》学海・川尻宝岑《ほうきん》合作の史劇「吉野拾遺名歌誉《よしのしゅういめいかのほまれ》」が発表され、従来の脚本と違ったまったく新らしい、高尚・典雅な戯曲の先駆となったことである。

天覧劇

天覧劇は、明治二十年四月二十六日から四日間にわたって行われ、その第一日に明治天皇、第二日には皇后、第三日には外国使臣、第四日には皇太后の来観があったのである。そしてこれは、改良会の熱心な主唱者の一人であった外務大臣井上馨の邸内で、八窓庵《はっそうあん》の茶室開きに余興として行われたもので演劇の社会的向上もさることながら欧米に対する外交上のゼスチュアでもあった。しかし演劇的にみるときは、当時の演劇および俳優の社会的地位が高められたについては、重要な意義をもった。黙阿弥にとっても、「高時」「伊勢三郎」「土蜘」の三つがこのときに上演されたことは、忘れることのできない光栄であったであろう。

「吉野拾遺名歌誉」

「吉野拾遺名歌誉」は、依田学海が川尻宝岑から舞台技巧上の助けをうけ、明治

二十一年に発表された新史劇であるこの作品は、改良会の説に適合するよう、史実に忠実に書かれた活歴の標本ともいうべきもの。とにかく従来の時代物とは性格を異にした新らしい作品であった。この作品が出て、はじめて歴史上に実在した人物がそれらしい内容のあるせりふをいうようになったといえる。脚本を上品に、高尚にという当時の要請にこたえ、一時は新史劇の目標ともなったほどであったが、舞台技巧にすぐれず、上演されなかった。しかし一時期を画したものといっていい。

演芸矯風会

演劇改良会は以上の二つの功績を残したのみで、やがて活動をやめてしまい、ついで岡野紫水《しすい》の世話で、明治二十二年に演芸矯風会《きょうふうかい》が生れた。これらの活動状況や移り変りを述べるのは本稿とはあまり関係がないので省《はぶ》くが、次にこれらの改良論が黙阿弥にあたえた影響について、少しふれておこう。

演劇改良会が、当時の狂言作者を攻撃した勢いは相当のものであった。狂言作

狂言作者への批判

者は無学・無識・無教養で、一人として学問的でなく、また文章家でもなく、ただ思いつくままに書きなぐり、その作品は猥雑《わいざつ》・野卑《やひ》でみるに耐えないと、相当に手きびしかった。その改良論が急進的すぎるといって非難した人たちでさえも、狂言作者だけはたしかにいけないと批判していた。

たしかに、事実においてもそういう非難はあたっていた。狂言作者の多くは系統的な学識がないため、むつかしい漢語を間違って使用したり、また歴史的知識のないことや、古い時代の制度・習慣などを知らないことから滑稽《こっけい》なまちがいをしていることも多かった。

これらの非難・攻撃は、とくに黙阿弥個人に対して向けられたものではなかったが、なんといっても彼は当時の作者界を代表する人であったし、また用心深い黙阿弥のことでもあったから、いよいよ慎重にかまえて作品を書くことをひかえたようであった。しかし、当時の黙阿弥の立場を考えると、この用心も至極当然

のことであった。黙阿弥の作品、とくに時代物の脚本が、このころから次第に少なくなっていったのも、一つにはこういう事情があったからだと思われる。同時に守田勘弥も改良会に熱を失なっていった。

四　歌舞伎座の開場

ここで黙阿弥が最後に関係した歌舞伎座のことにふれておこう。

歌舞伎座は、福地桜痴の提唱によって、明治二十二年の末に開場したので、桜痴はその後ますます劇界との交渉が深くなり、とくに団十郎は桜痴の学識に傾倒するようになった。しかし興行という面になってくると、ベテラン勘弥の手を借りなければならなくなり、勘弥の要請もあって、黙阿弥もスケとして出勤した。けれども開場式には、黙阿弥の「黄門記童幼講釈」が桜痴の改訂をへて「俗説美談黄門記」と改題して上演された。

このことは、明らかに黙阿弥はじめ狂言作者に対する侮辱であり挑戦《ちょうせん》であった。これに対して黙阿弥がどうしたという話は伝わっていないが、当然憤慨したことであったろう。しかしそれを表にあらわすような人でもなく、菊五郎に頼まれれば「戻橋《もどりばし》」「箱根山曽我初夢」などを書いているし、最後の作品となった二十六年一月の「奴凧《やっこだこ》」も、歌舞伎座の舞台にかけている。けれども二十四年の三月限りで歌舞伎座の番付面から名前を削り、他座への出勤も一切断わった。これで劇界との直接関係はすっかり

明治22年末に開場した歌舞伎座
（黙阿弥が勤めた最後の劇場であった）

絶たれ、晩年の閑日月《かんじつげつ》を自由に楽しむ希望がかなえられたのであった。

五　いよいよ隠退

ほんとうの隠退

明治二十五年には七十七歳の春を迎えたので、誕生日の二月三日に喜寿の祝をして、めでたくほんとうの隠退をすることになった。そして親交のあった人々のあいだだけに配り物をし、次のような戯文《けぶん》と狂歌とを添えたのであった。

去年箱根の七湯へ、初めて行きし野暮者《やぼもの》も、今年喜の字の七々に、姿も老いて化物仲間、一つ目三つ目の友にさそはれ雪女郎《ゆきじょろう》の消えし頃、山向うへ遊びに行かんと、五十七年作者を勤め、よごせし硯《すずり》の海坊主、種も趣向も切れ筆をさらりと西の海へすて、此の節分の誕生日に、目出度しりぞく事となりて、

気のきいた化物はとく引きこむに
　ろくろ首程長くのびたり

七十七翁　黙阿弥

こうして二度目の引退をした後は、前述の「奴凧」を菊五郎のために補作しただけで、劇場との縁は絶たれた。しかし要請されて『歌舞伎新報』の誌上に「傀《かい》儡《らい》師《し》箱《はこ》根《ねの》山《やま》猫《ねこ》」という世話狂言を二十五年の六月から連載しはじめたが、これも未完のままで没した。

黙阿弥は、物事を途中でやめるような性格の人ではなかったが、「島《しま》鵆《ちどり》」の後

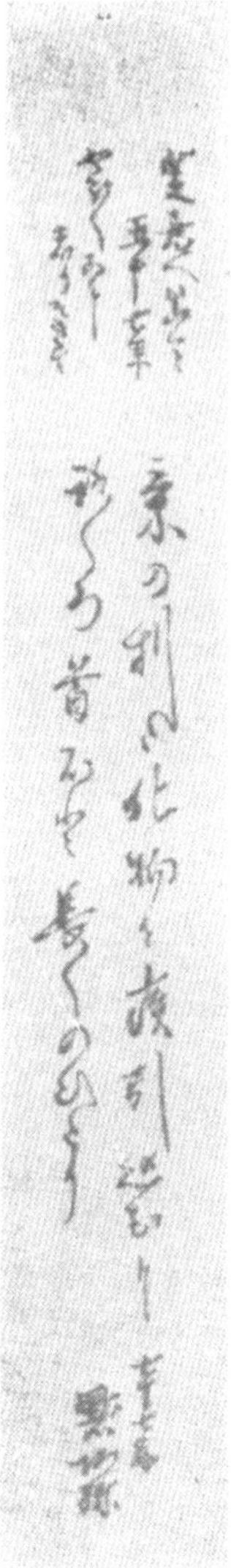

隠退にさいしての狂歌

篇を書こうとした「千社札天狗古宮《せんしゃふだてんぐのふるみや》」というのが、二十二年の四月から同じ『歌舞伎新報』に掲載されはじめた。けれども、社員の一人が黙阿弥の気分を損じたため、中止となってしまっている。これと「傀儡師箱根山猫」との二つが、黙阿弥の未完作品となっているのは、惜しいことである。

六　晩年の家庭

「ろくろ首程長くのびたり」と自嘲《じちょう》して隠退した後の黙阿弥は、きわめて平安な余生であった。

ここで彼の最晩年から死に至るまでの家庭生活をみておきたいと思う。

安政の地震で居宅が焼け、雷門《かみなりもん》の焼けた火事にも類焼したことは、明治以前のところに記したが、そのときに新築した家も、明治六年三月十日の午前六時に、ふたたび類焼してしまった。

本所南二葉町に転住

明治二十年の三月、七十歳になったとき、馬道の家は三代目河竹新七にゆずり、默阿弥は本所の南二葉町《ふたばちょう》（今の墨田区亀沢町二丁目）に転居した。南割下水《わりげすい》の近くに土地をもとめ、溝を掘り、土蔵と家とを建てた。家は自分の死後も困らないように、きわめて狭い平家の家造りにしたが、四畳半の書斎を別に作り、庭を広く豊かにめぐらし、汐入《しおい》りの池もあった。晩年の生涯を送るのにふさわしい住居であった。

七　著作の刊行

脚本の出版

劇作を別にして、晩年の事業に数えられるものに、著作の出版があった。今日のように、戯曲のほとんどが雑誌なり単行本なりに出版されるのとちがって、当時はあくまで上演本位のものとして執筆されており、活字にして出版することなどは、思いもよらない時代であった。

江戸末期には、評判のいい当り作の新作狂言は、くわしい物語風の絵入りの草

双紙（合巻《ごうかん》）として出版されていたので、『鼠小僧』や『三人吉三』など二十種ほどは出版されていた。しかしこれは脚本の正しい活字化とちがい、多くは門弟たちが余暇にあらすじをまとめたものであった。

正式に活字になった最初は『霜夜鐘』であろう。最初『歌舞伎新報』誌上に連載され、のちに歌舞伎新報社からも発売され、まもなく兎屋本《うさぎやぼん》の体裁でも出版された。『恋闇鵜飼燎《こいのやみうかいのかがりび》』も、同じ形式で発表され、歌舞伎新報社から合本の体裁でも出版された。

ほかに叢書体で刊行され

右，裏表紙）（明治20年，歌舞伎新報社発行）

たものに二通りある。一つは、明治二十年の十二月二十八日に公布された版権条令に応じた出版であるが、これは販売されたものではなかった。別に二十一年四月から『河竹正本狂言尽《かわたけしょうほんきょうげんずくし》』という題下に、歌舞伎新報社から出版された。表紙と裏の文字が勘亭流《かんてい》で正本の表紙に似せた文字で書き、四六版の気のきいた体裁をとったもの。『大盃』（大杯觴酒戦使者《おおさかずきしゅせんのつわもの》）『四千両』『加賀鳶』など、当時の当り作を手はじめに、百番続きに作品を発行する計画であったが、これは三－四部で中断された。売れゆきがわるかったからである。

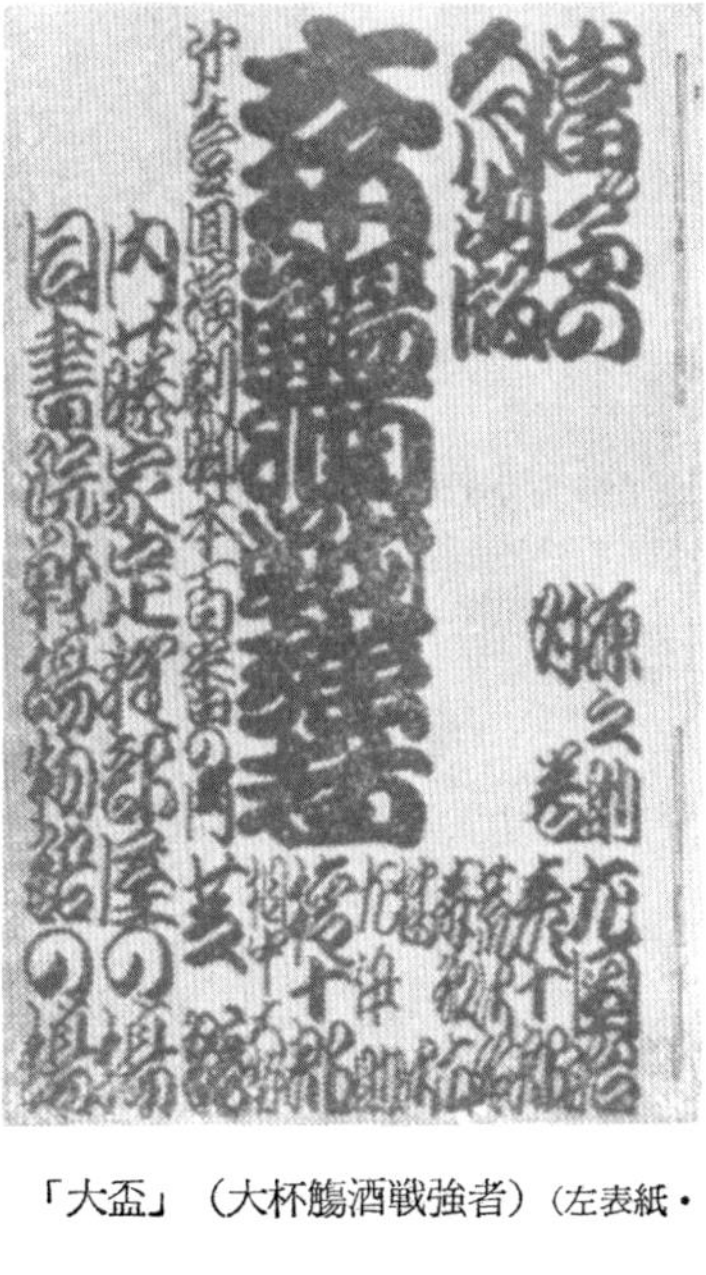

「大盃」（大杯觴酒戦強者）（左表紙・

『狂言百種』

他の一つは、明治二十五年の四月から『狂言百種』として、春陽堂から出版されたもので、これには『村井長庵』『三人吉三』『島衛』などの代表作ばかりをあつめて刊行したが、第八号までで中止になった。

このほか、当時文芸新聞と評されていた『読売新聞』に、二十一年の正月から「鼠小僧」が続き物として掲載され、その後「髪結の藤次」も同紙に連載された。

八　生き葬い

幸福な家庭生活

ここで黙阿弥の家庭のことを書こうと思ったが、二つの不幸な出来事を除いては、あまり書くほどのこともない。それほどに円満・幸福・平和で、芸術家の生涯としては珍らしく変化にも起伏にも乏しい、平和な家庭であった。

第一の不幸は、早く明治四年五月に末ッ子のますが、十三歳で死んだことである。第二の不幸は、次女のしまが、明治二十二年の十一月に二十八歳で世を去っ

たことである。この次女は柴田是真《ぜしん》の門に入って絵の勉強をし嘱望《しょくぼう》されていたのだが、脳膜炎でなくなった。このとき黙阿弥は七十三歳であったが、自分の生《い》き葬《どむら》いを出すのだといって、十二月の二十四日に盛んな本葬を出した。劇場関係者の会葬者が多く、まことに盛大な葬式であったが、質素な黙阿弥にしては、仰々《ぎょうぎょう》しいことの最初で最後であったといわれている。

この二つの出来事を除いては、黙阿弥自身が「俺《おれ》の家なんざァ芝居にゃ書けねエ」と口にしたほど、実に平和な家庭であった。

彼と旅行

黙阿弥と旅行については、今までに一度も述べなかったが、彼には旅行というべきほどの旅行をしたことは、ほとんどなかった。そのむかし、二十歳の見習作者時代に、甲府へ二ヵ月がかりで行き、沼津へ出て帰ったのが最後のそしてただ一度の旅行で、また旅芝居に行ったのも、その一回だけであった。もちろん、友

人や門弟たちと一日か二日の散策や成田詣《もうで》などはあったろうが、それとても一年に一度あるかなしかで、また特別に記すほどの印象もなかったらしい。しかし、一生に一度の、純粋に遊山気分の楽しみのための旅行は、明治二十四年の九月に実行された箱根・江の島行きであった。

箱根行き

箱根へ一度行きたいということは、前から考えていたらしいが、それより西へは行く気がなかった。七十六歳という年齢であったが、老後の思い出にと、長女の糸と門弟の竹柴其水《きすい》をつれて、一週間ほどの旅行をした。

黙阿弥は結城紬《ゆうきつむぎ》の単衣《ひとえ》に、(平生は角帯だから)ついにしめたことのない兵児帯《へこおび》を、旅行中便利だからといってぐるぐる巻きにし、こうもりがさを手に持つという姿で、とても芝居の狂言作者という身なりではなく、途中で土木の請負師(土建屋)だろうといわれたという。

しかしこの旅行は、思い出の深い、印象の強いものであった。見るものきくこ

とが新鮮で、あれかこれかと狂言の話に発展させたり、伝奇的な物語に想像をめぐらし、ストーリーを考え、名題《なだい》などを作っては楽しんだ。実際あるところで休んだとき、可愛らしい三毛猫がいたのが話題になったが、やがて「傀儡師箱根山《かいらいしはこねのやま》猫《ねこ》」という作品が書かれている。ほかに「箱根山美人大胆《はこねやまびじんのだいたん》」とか「塔沢恨雷光《とうのさわうらみのいなずま》」などという題名だけが記念に残されている。

九　死の前後

黙阿弥とその死に関連しては、神秘的な話さえ伝えられている。

明治十四年、彼が六十六歳のある日のことであった。何かの機会に「おれは長命しても七十七までは生きていることにしよう」といったので、そばの者が気にして何故かときくと、「七十七以上生きのびたら、戦争に出あうだろう。それも西南役《せいなんのえき》のようなのとちがって、外国との間にはじまるだろうから」と答えたこと

があった。その当時には別に気にしていなかったが、後になって日清戦争が起ったので、なるほどと思わせたという。

それから十年の後、死ぬ前年の七十七歳の春四月、ある晩長女の糸を呼んで「おれは来年は死ぬから、そのつもりでいてくれ。長年の間よくしてくれたから心得のためにいっておく」といった。そしてその後は、死後に心配がないよう、身のまわり一切の整理にかかったという。

そしてまず五月には、幼時から業を異にし、別に家をたてていた長子に財産を分配し、六月には長女に家督《かとく》をゆづった。黙阿弥と糸との関係は、シェイクスピアとその娘のスザンナとの間のようで、愛されもし、また作者としての家もゆずったのである。それからは、暇あるごとに蔵書や記録をしらべ、書類などは一つ一つ小箱や袋に入れ、死後にさしつかえのないようにした。そして十二月になると、日頃の無沙汰見舞だと称し、寒さを気にすることもなく、友人知己《ちき》の間や親

しい人たちの家を訪問して挨拶をしてまわった。

こうしてほとんどすべての予定を終り、七十八歳の正月を迎えた。そして元日・二日の雑煮を祝い、三日の朝に発病し、床につくこと二十日あまり、その二十二日に大往生をとげたのであった。病気は軽い脳溢血《のういっけつ》であった。寝ている間も芝居の筋を考え、「雀踊り」の替歌《かえうた》を筆記させるなどおちついたもので、二十二日も朝九時ごろには死期到来を悟り、その夕方には眠るがごとく、この世を去った。

葬式は二十四日に密葬が営まれたが、翌日開封された遺言書に「本葬を出すと一日の浪費となり、またもし天気でも悪ければ皆々に迷惑をかけるからやめるように」とあったので、仮葬だけにとどめた。

法名

墓は代々の菩提所である浅草北清島町の源通寺にたてられた。法名は釈黙阿居《こ》士《じ》。源通寺はその後明治四十一年に東中野昭和通に移転した。

河竹黙阿弥墓（東京都中野区，源通寺）

「きょうげん塚」（向島百花園、現存）

黙阿弥の没後、長女糸は生前の約を果し、かつ亡父に対する追善・手向《たむけ》にと、一つの碑を建てた。場所はかつて黙阿弥が初代の追善に「葱塚《しのぶづか》」を建てた向島の

百花園で、位置もならべて「きやうげん塚《づか》」と名づけ、三回忌までに竣成させた。両者とも現存している。

右長女糸は生涯独身で通し、高弟竹柴其水と共に亡父の著作を擁護し、また検閲当局から注意された脚本中の猥雑な箇所や畜生道のごとき筋をも改訂した。晩年には数種の世話狂言さえ書いて、大正十三年十一年二十四日に七十四歳で没した。ついでながら、筆者が坪内逍遙の勧奨で糸女の嗣子となったのは、明治四十四年末のことであった。

第十　その人物

一　朴訥な老爺

　黙阿弥の書いた清元の浄瑠璃などのいきな文句から連想すると、すんなりしたしゃれた人だろうと思うかもしれない。けれども黙阿弥は、優男《やさ》でもなければ、しゃれた人柄でもなかった。四十歳以前はやせぎすだったというが、晩年になると朴訥《ぼくとつ》な老爺《ろうや》となって、現代風にいえば田舎おやじで、苦虫《にがむし》をかみつぶしたような面相《めんそう》の、渋い好みの老人となった。それは写真をみてもわかるように、むっつりとした、ちょっとこわいような人であった。六代目菊五郎が「えんまさまのようだった」と思い出を話しているくらいである。

えんま様

つつしみ深く、理知的で、きちんとしたことの好きな人であった。世間に対する義理・人情を重んじた。豪放・洒脱《しゃだつ》・好色などといった江戸ッ子的なところはまったくなく、几帳面《きちょうめん》で厳格で、まじめで、それでいて才子肌のところもなく、もくもくと無口で自分自身の生活態度を固く守るといったふうであった。

作品にはまことに洒落《しゃれ》ッ気があり、おしゃべりで、粋《いき》で、機智に富んでいたが、実生活はまったく反対であった。そして世間に対してはおくびょうであった。とくに表《おもて》だった用件だとか、役所向きの用件などについては、まったく意気地がなく、大きらいであった。神経質で気の小さな人であった。

公事には臆病

このような生活態度は、しかし歌舞伎の社会にあっては珍らしい存在であった。無節操で、金銭欲と名誉欲とが渦巻き、多くの不合理な制度や慣習があり、濁りきった当時の芝居社会にあって、黙阿弥はまったくけがされなかったといってよい。そうして、「身の用心」を専一とし、不即不離、しかも調和して進む融通性

をもっていた。

金銭に対しては淡泊であった。自分の給金についても、自分から申し出たことはなかったという。それだけに、腕はあっても金銭では動かされない人だということで、かえって周囲から気味悪がられたらしい。

芝居社会や遊里などでよくみられるような、信心にこるとか、縁起をかつぐとか、そういう様子もなかった。しかし因果応報の理だけはかたく信じ、それを処世の信条としていたらしかった。

二　犬と猫と鼠

体軀《からだ》は肥満していたが、小食であった。四十歳ごろからは食事の量もきめ、三度とも軽く二椀ときまっていた。それもぼそぼそ嚙むなどということはせず、上等の茶を入れさせ、はじめからお茶漬にして、さらさらとかっこむほうだったと

いう。

大好物は栗

食べ物に好き嫌いはなかったが、若いころには七代目団十郎と同じようにクサヤの乾物《ひもの》を好み、果物では、柿とぶどう、とくに栗は大好物で、自制心の強い彼らしくなく、ときどき食べすぎて胃を悪くしたという。

これという趣味・道楽はなかったが、渋いおちついた道具を集めるのを好んだ。また張交物《はりまぜ》を集めた。張交物というのは、瓦版の読売とか、諸国名産の包み紙・由来書などから、いろいろの小さな印刷物（各種の番付・見立絵・千社札・広告・引札など）や団扇絵《うちわえ》、こった模様の手拭など、面白いと思われ、珍らしいと思われ、しかもこまごましたものを何となく集めておくのが好きだった。それらの蒐集品も関東大震災で焼亡してしまった。

碁や将棋などの勝負事を知らず、酒・煙草を口にせず、音曲・遊芸もほとんどやらなかった。ただ机にむかって筆をもつのが好きだった。

したがって黙阿弥の伝記に書き加えられるような、逸事や珍談・奇行のたぐいはほとんどないがそれでもしいていえば、動物を可愛がったことくらいなものだ。犬も飼ったが、猫が大好きであった。一時は十数匹の犬・猫が家中にぞろぞろしていたという。中でも最も可愛がられたのが、太郎という牡《おす》の黒猫であった。ほんとうの烏猫《からす》で、全身の毛から爪先まで真黒という珍らしい猫であり、肥った大きな体でのそのそと歩きまわり、人の言葉も時として理解したという。この猫の死んだときには、碑が建てられて、長女の糸が狂歌を詠んで彫りつけた。それも菩提寺に残っている。犬では二太《にた》という白犬が可愛がられた。この犬は黙阿弥が芝居へ出勤するときには、かならず楽屋口まで送っていったという忠犬である。

また子《ね》の年生れだったので、鼠も可愛がっていた。猫にも、友達なのだから捕《と》ったり追っかけたりしてはいけないと、よくいいきかせていたので、猫の御飯の残りを、鼠が食べるということは当り前で猫の方も追っかけたりはしなかったと

いう。それでも足りないと可哀そうだといって、別に鼠に御飯をやっていた。正月には、鼠用の餅まで用意して、棚の上へのせてやったほどだったので、人が見にいっても鼠の方で逃げなかったという。

三　その作癖

黙阿弥が作品を書くときには、たいてい第三稿で完成されるようになっていた。それまでは自分で下書きをし、また清書するのが習慣で、桜田左交のように、一気にぶっつけに書きあげるということはしなかった。

狂言作者の仕事としては、道具・衣裳・鳴物に至るまでの注文を出すのがきまりであったが、黙阿弥は、それ以上の演出面には、よほどのときでないかぎり、役者の演技に口出しをしたことは少なかったという。

舞台装置図(帳道具)をかくくらいだから、絵はなかなかうまかった。こんにちはち

がうが、当時は看板と番付と道具帳の下絵を書くことが、立作者の重要な仕事になっていたのだが、その方面でも一流だという折紙がつけられていた。

黙阿弥の本読みも有名である。本読みというのは、出来上った上演用台本（脚本）を、一座の役者・関係者に読んできかせることである。狂言作者としては重要なつとめの一つであった。そのうまいまずいは、舞台面の出来不出来に非常に関係するからである。

黙阿弥の本読みはまことに巧みで、役をふりあててある役者の、声色《こわいろ》ではないが、その面影をほうふつとさせ、その上せりふの発声がうまいので、舞台の情調を感じさせ、皆が魅せられたという。聞いている役者が自分の役につりこまれ、これなら儲け役で当りをとるだろうとききほれたが、実際にはそれほどでもなかったことがよくあったという。また門弟が読んで納得されなかった幕でも、翌日に黙阿弥がそのまま読んで、一も二もなくOKされたこともあったという。

四　五幕物のような生涯

生涯が一つの脚本

黙阿弥の七十八年の生涯をふりかえってみると、それ自体がまとまりのいい一つの戯曲作品ともいえる。江戸で生れ、育ち、生きて終った江戸ッ子の一生は、一つのすぐれた作品のようにも思われる。

序幕は、生れてから二十歳ごろまでの、自由な生活で、その天職を発見するまでの、序曲ともいえる時代であった。

二幕目は、作者部屋の人となってから、小団次と結ぶまでの二十年間である。あるいは苦労し、あるいは不幸にみまわれて、変化に富んだ時代である。この時代に深い人生体験と、舞台に関する知識を吸収し、きたるべき発展のための準備がなされたのである。

三幕目は、安政の大地震から慶応に終る小団次との提携時代である。花やかで

77歳の黙阿弥

力のはいった時代であった。ここにおいて黙阿弥の基礎はまったくゆるぎのないものとなったのであった。

四幕目は全盛時代ともいうべき期間。明治の新時代を迎えて、新富町時代が開かれた。まったく黙阿弥の一人舞台であった。あらゆる名優を駆使し、三座あるいは四座を兼勤し、劇界を独占した円熟時代である。「島鵆月《しまちどり》白浪」を書いて、みごとに舞台から退場するまで、まことに花やかな彼の黄金時代であった。

五幕目にもあたり大詰にもあたるのは、黙阿弥時代の十年間であった。ことに七十七歳で引退し、その翌年に没するという、完結篇でもあった。

五　作品総収

こうして生涯を送った黙阿弥の全作品は、総計で三百六十余種にのぼった。内訳をしめすと次のようになる。

作品一覧

時代物
- いわゆる時代物（だんまりを含む）……四一
- 新時代物（活歴風の）……一八
- 準時代物（御家物のあるもの）……三一
- 計九〇

世話物（生世話《き》・白浪・侠客などを含む）……一三〇

唄・浄瑠璃
- 狂言浄瑠璃
  - 作中に含まれるもの……四八
  - 独立せるもの（対面をふくむ）……七九
- 所作事《しょさごと》……一三
- 計一四〇

全生涯は七十八年、作者道にはいって五十七年、その生涯は短かくはなかったが、真に筆をとったのは後半であった。その間にこれだけ多くの、またすぐれた

作品を後世にのこしたのは、黙阿弥の精力的な労作、刻苦精励のたまものであった。何の道楽もなく、道草もくわず、ただひたすらに——狂言を書くために生れてきたかのように——努力した結果、坪内逍遙博士の評された「江戸演劇の大問《おおどん》屋《や》」となることができたのであった。

略年譜（表中の作品名は通称にとどめた。○は時代・御家狂言、△は世話狂言、◎は浄瑠璃・所作事（舞踊劇））

年次	西暦	年齢	事項	参考事項
文化一三	一八一六	一	二月三日、江戸日本橋通二丁め式部小路に生る	山東京伝没
文政三	一八二〇	五		滝亭鯉丈の『花暦八笑人』出版
六	一八二三	八		四月、太田南畝（蜀山人）没○八代目団十郎生る
七	一八二四	九	芝金杉通一丁目に転住、父質屋をはじむ	
八	一八二五	一〇		勝俵蔵改め四代目鶴屋(大)南北○初代歌川豊国没
一二	一八二九	一四	遊楽生活に入り「八笑人」的生活を追う	柳亭種彦の『田舎源氏』刊行○鶴屋南北没
天保三	一八三二	一七	貸本屋の番頭になる	頼山陽没
五	一八三四	一九	父に死なる。茶番集『朝茶の袋』をまとめる	
六	一八三五	二〇	前年の末孫太郎南北に入門して市村座に出勤、三月、勝諺蔵として番付に載る○六月、甲府の旅興行に行く○九月、傷感のため劇場を退く	

天保	八	一八三七	二二	芝宇田川町に転宅○孫太郎五代目鶴屋南北を襲名	九代目団十郎生る
	九	一八三八	二三	河原崎座に出勤。序開き(開幕劇)を書く	
	一〇	一八三九	二四	二立目(開幕劇)を書く○六月よりしつを煩い劇場を退く	
	一一	一八四〇	二五	河原崎座に出勤。「勧進帳」初演の稽古を褒められ給金上る○舎弟死去のためまた劇場を退く	
	一二	一八四一	二六	河原崎座に出勤し、柴晋輔を名のる	馬琴の『八犬伝』完成さる
	一三	一八四二	二七	三立目（序幕）を書く	天保の改革令出で、七代目団十郎(海老蔵)江戸十里四方追放となる
	一四	一八四三	二八	柴(斯波)晋輔改め二代目河竹新七となる	河原崎座も浅草猿若町に移転○為永春水没
弘化	三	一八四六	三一	一月、茶道具商大和屋源兵衛の次女琴(二一歳)と結婚	
	四	一八四七	三二	補作をなす。立作者の職務をなす	
嘉永	元	一八四八	三三	長男生る	曲亭馬琴没(八二歳)
	三	一八五〇	三五	○岩戸のだんまり	
	四	一八五一	三六	△えんま小兵衛	
	五	一八五二	三七	○児雷也を脚色	五代目孫太郎南北没(五七歳)
	六	一八五三	三八	○しらぬい譚を脚色。△怪談木幡小平次	三代目瀬川如皐の「切られ与三」

安政	元	一八五四	三九	○五十三次天日坊。△忍ぶの惣太	初演好評 八代目団十郎大阪にて自殺
	二	一八五五	四〇	○児雷也の後日を脚色	一〇月、大震
	三	一八五六	四一	三月より門弟に竹柴姓を名のらせる。竹柴の浦に育つの意味に出ず。△せった直し長五郎。△宇都谷峠座頭殺し。○鞍馬山のだんまり	
	四	一八五七	四二	△鼠小僧。△正直清兵衛。△小猿七之助	
	五	一八五八	四三	△黒手組助六。○赤垣源蔵。○鉢の木	コロリ流行○森田座の森を守と改む
	六	一八五九	四四	△鬼あざみ。◎音羽丹七。△小幡小平次。◎夜這星	
万延	元	一八六〇	四五	△三人吉三。○骨寄せ岩藤。△縮屋新助	井伊大老刺さる
文久	元	一八六一	四六	◎粟餅。○相生源氏。△いろは新助。△因果小僧。○鋸引。	
	二	一八六二	四七	△弁天小僧。△若草伊之助。△村井長庵。◎縁結び	
	三	一八六三	四八	三題噺流行し、黙阿弥は自作を脚色した△「和国橋」を上演し、引幕を贈らる。○新年対面盃。◎江口西行。△腕の喜三郎。△膝栗毛を脚色。◎歳の市	
元治	元	一八六四	四九	△御所の五郎蔵。◎吹矢。△切られお富。○鳥目の上	

慶応	元	一八六五	五〇	使△孝女お竹。△小狐礼三。◎写し絵江戸三座を兼勤。△野晒し悟助。○紅皿欠皿。△侠客伝。◎忠臣蔵七段返し。◎女定九郎。△白浪五人女。◎夕立。△笠森お仙。△上総市兵衛。○左近太郎。◎滑稽安宅関。◎石和川	
	二	一八六六	五一	△櫓太鼓。○生立曽我。△鋳かけ松。○飛騨の内匠	名人小団次没(五五歳)
	三	一八六七	五二	△おしづ礼三。◎質屋の庫。△姐妃のお百。△新累。○鳩の平右衛門。△勢力富五郎	王政復古
明治	元	一八六八	五三	△お若伊之助。△けいせい重の井。△塵塚お松。○八犬伝刀売り	家橘改め五代目尾上菊五郎○江戸を東京と改称
	二	一八六九	五四	△遠山鹿子。◎日高川。○書替加賀騒動。△敷島怪談。○義士余談十八ケ条申開き。△天人お七。○地震加藤。◎三社祭礼。○日蓮記。◎忘れ薬	
	三	一八七〇	五五	○湖水の乗切。△桑名屋徳蔵。◎写真の九一。△丸橋忠弥。△梅暦。◎粂の仙人。△ととやの茶碗。○桶狭間合戦。◎八人聟	
	四	一八七一	五六	○鳥居強右衛門。◎大津絵。○真田幸村。○忠臣蔵十二時	断髪脱刀令出ず

五	一八七二	五七	○義経記。○田之助名残。△恋相撲。○大塩平八郎。△ざんぎりお富	
六	一八七三	五八	○新年対面盃。○酒井の太鼓。△だっきのお百。△子持高尾。△髪結新三。○竹中問答。○清水一角。○大仏供養。△鳥越甚内(黙阿弥散切狂言の初作)	『明六雑誌』生る
七	一八七四	五九	○児島高徳。△三人片輪。○宇都宮騒動。△河内山(雲上野三衣策前)。◎日高川	河原崎座再興され、河原崎権之助九代目市川団十郎となる
八	一八七五	六〇	○大岡天一坊。◎田舎芝居。○吉備大臣。◎瓦斯燈。△明治八年までの戦争劇。○柳沢騒動。○黒田騒動	守田座は新富座と改称
九	一八七六	六一	△志度六魔度六。○川中島合戦。○朝比奈。△お峰慶十郎。○重盛諫言。○伊達騒動。◎三社祭り。○太閤記。△女太閤記。○天草騒動	
一〇	一八七七	六二	△女書生。△孝子善吉。◎氷屋。○水戸黄門記	
一一	一八七八	六三	新富座の改築開場式に一同燕尾服を着用。△西南戦争。○三河後風土記。○八犬伝荒芽山。△岩亀楼の亀遊。○根津宇右衛門。○柳生試合。△延命院日当。○秩父重保身替り。○重忠討死	『魯文珍宝』に黙阿弥小伝載る○三代目沢村田之助没○新富座にて夜芝居を催し失敗
一二	一八七九	六四	○赤松満祐。△金の世の中。△高橋お伝。○中山大納	『歌舞伎新報』生る○米国前大統

			言。◎額ぬけ。△漂流奇談（パリで西洋人の芝居を見る趣向がある）。○加賀騒動。◎湯島五人男	領グラント、新富座を見物○英文筋書を作製
明治一三	一八八〇	六五	向島百花園に初代新七の碑「慈ぶ塚」を建つ（現存）。△新膝栗毛。○伊賀越実録。○荏柄の平太。△霜夜の鐘。○茶臼山。△神経病の怪談（木間星）	
一四	一八八一	六六	一一月の島ちどりを一世一代として引退し黙阿弥と改名。△河内山と直侍。○大石城受取。○大杯。◎土蜘。△おその六三。△湯殿の長兵衛。○後日加賀騒動。△島衛月白浪。◎浪底親睦会	三代目瀬川如皐没
一五	一八八二	六七	◎釣狐。△大丸騒動。○望月。△朝鮮軍記。○黒田騒動。△朝鮮長屋。◎共進会	八代目岩井半四郎没
一六	一八八三	六八	○松前屋騒動。○石魂録。△金看板甚五郎。◎茨木。△新皿屋敷。△不動文治。△実録十人斬。◎釣女	坪内逍遙訳『シイザル奇談』出ず
一七	一八八四	六九	△徴兵の狂言。○仲光。△浮世清玄。○高時	竹柴金作改め三代目河竹新七○団十郎の助言者にて求古会をつくる
一八	一八八五	七〇	○碁盤忠信。△筆屋幸兵衛。△女化狐。○髪染の実盛。◎船弁慶。△四千両	千歳座開場○硯友社から『我楽多文庫』出ず○坪内逍遙の『当世書生気質』出ず

一九	一八八六	七一	△西洋孝子伝。◎かっぽれ。△加賀鳶。△恋闇鵜飼燎。○崋山と長英。○水滸伝のだんまり。△梵字の徳次郎。◎茶リネの曲馬。○伊勢三郎。◎瓜盗人	演劇改良会組織さる○十二代目勘弥黙阿弥に入門して古河新水○三代目中村仲蔵没
二〇	一八八七	七二	本所南二葉町に転住。○太田道灌。○関ヶ原合戦。△岡崎の猫。◎紅葉狩。△因幡小僧	竹柴進三改め竹柴其水○天覧劇挙行
二一	一八八八	七三	○浮島ヶ原。△酔月のお梅。○油坊主のだんまり。△浅間山噴火	演芸矯風会成る
二二	一八八九	七四	◎憲法発布を祝う。○奉書試合	俳優組合組織さる○歌舞伎座開場○憲法発布
二三	一八九〇	七五	四月、市村座の番付に「スケ黙阿弥」として載りしが番附面での最後。◎一つ家。◎戻橋	国会開かる○千歳座・春木座焼失
二四	一八九一	七六	長女と其水をつれ箱根・江の島方面に旅行。◎風船乗◎愛宕館芝浦八景	川上音二郎東上して中村座にて旗上興行
二五	一八九二	七七	◎箱根山曽我初夢。◎楷子乗	『狂言百種』を刊行しはじむ
二六	一八九三	七八	一月二二日午後四時没。○歌舞伎座一月興行のために「奴凧」を補綴したのが絶筆となった	

主要参考文献

一、作品

『黙阿弥全集』二十七巻　春陽堂　昭和二年以降
『弁天小僧』（岩波文庫）　岩波書店　同　三年
『三人吉三廓初買』（岩波文庫）　岩波書店　同　五年
『加賀鳶』（岩波文庫）　岩波書店　同　一三年
『河竹黙阿弥集』二冊（『日本戯曲全集』のうち）　春陽堂　同　三年
『黙阿弥名作選』五冊　東京創元社　同　二七年
『黙阿弥名作選』三冊　新潮社　同　三〇年

二、研究その他

河竹繁俊『河竹黙阿弥』（著作解題す）　春陽堂　大正　三年

河竹繁俊『河竹黙阿弥』増訂版　春陽堂　大正一四年
同　『黙阿弥襍記』　岡倉書房　昭和一〇年
同　『黙阿弥と南北』　大河内書店　同　二三年
同　『日本演劇全史』　岩波書店　同　三四年
伊原敏郎『近世日本演劇史』　早大出版部　大正　二年
同　『明治演劇史』　早大出版部　昭和　八年
田村成義『続々歌舞伎年代記』　市村座　大正一一年
吉見勝広『黙阿弥世話物の研究』　文献書院　同　一四年
開国百年記念文化事業会編『明治文化史』音楽演芸編　洋々社　昭和二九年
秋庭太郎『日本新劇史』上　理想社　同　三〇年
滝沢典子「河竹黙阿弥」(『近代文学研究叢書』二巻)　光葉会　同　三一年
山本二郎「河竹黙阿弥」(岩波講座『日本文学史』第十巻・近世)　岩波書店　同　三四年
浦山政雄「河竹黙阿弥作者年表」(守随憲治編『近世国文学』)　三省堂　同　三五年
(この他『歌舞伎新報』『演芸画報』『演劇界』等の雑誌)

著者略歴

明治二十二年生れ
明治四十四年早稲田大学文学部英文科卒業
早稲田大学教授、同大学演劇博物館長、日本演劇学会会長を歴任、芸術院会員、文化功労者、文学博士
昭和四十二年没

主要著書
近松門左衛門　歌舞伎作者の研究　歌舞伎史の研究　日本演劇全史　黙阿弥襍記　黙阿弥の手紙・日記・報条

人物叢書　新装版

河竹黙阿弥

昭和三十六年　十月二十日　第一版第一刷発行
昭和六十二年　一月　一日　新装版第一刷発行
平成　五　年　六月　十日　新装版第二刷発行

著　者　河《かわ》竹《たけ》繁《しげ》俊《とし》
編集者　日本歴史学会
代表者　児玉幸多
発行者　吉川圭三
発行所　株式会社　吉川弘文館
東京都文京区本郷七丁目二番八号
郵便番号一一三
電話〇三―三八一三―九一五一〈代表〉
振替口座東京〇―二四四
印刷＝平文社　製本＝ナショナル製本

『人物叢書』(新装版)刊行のことば

人物叢書は、個人が埋没された歴史書が盛行した時代に、「歴史を動かすものは人間である。個人の伝記が明らかにされないで、歴史の叙述は完全であり得ない」という信念のもとに、専門学者に執筆を依頼し、日本歴史学会が編集し、吉川弘文館が刊行した一大伝記集である。

幸いに読書界の支持を得て、百冊刊行の折には菊池寛賞を授けられる栄誉に浴した。しかし発行以来すでに四半世紀を経過し、長期品切れ本が増加し、読書界の要望にそい得ない状態にもなったので、この際既刊本の体裁を一新して再編成し、定期的に配本できるような方策をとることにした。既刊本は一八四冊であるが、まだ未刊である重要人物の伝記についても鋭意刊行を進める方針であり、その体裁も新形式をとることとした。

こうして刊行当初の精神に思いを致し、人物叢書を蘇らせようとするのが、今回の企図である。大方のご支援を得ることができれば幸せである。

昭和六十年五月

日本歴史学会
代表者 坂本太郎

〈オンデマンド版〉
河竹黙阿弥

人物叢書　新装版

2021年（令和3）10月1日　発行

著　者　河《かわ》竹《たけ》繁《しげ》俊《とし》

編集者　日本歴史学会
代表者　藤　田　覚

発行者　吉　川　道　郎

発行所　株式会社　吉川弘文館
〒113-0033　東京都文京区本郷7丁目2番8号
TEL　03-3813-9151〈代表〉
URL　http://www.yoshikawa-k.co.jp/

印刷・製本　大日本印刷株式会社

ISBN978-4-642-75065-3

人物叢書

新装版

河竹默阿弥《かわたけもくあみ》

河竹繁俊

JN070247

日本歴史学会編集

吉川弘文館